鲸歌袖珍文库

阴翳礼赞
YINYILIZAN

[日] 谷崎润一郎 著

李晓光 译

鲸歌

四川人民出版社

图书在版编目（CIP）数据

阴翳礼赞/（日）谷崎润一郎著；李晓光译. —成都：四川人民出版社，2017.12
ISBN 978-7-220-10456-5

Ⅰ.①阴… Ⅱ.①谷… ②李… Ⅲ.①随笔-作品集-日本-现代 Ⅳ.①I313.65

中国版本图书馆CIP数据核字（2017）第260077号

YINYI LIZAN
阴翳礼赞

（日）谷崎润一郎　著　李晓光　译

策划组稿	张春晓
责任编辑	张春晓
装帧设计	张妮
责任印制	祝健
出版发行	四川人民出版社（成都槐树街2号）
网　　址	http://www.scpph.com
E-mail	scrmcbs@sina.com
新浪微博	@四川人民出版社
微信公众号	四川人民出版社
发行部业务电话	（028）86259624　86259453
防盗版举报电话	（028）86259624
照　　排	四川胜翔数码印务设计有限公司
印　　刷	成都东江印务有限公司
成品尺寸	130mm×185mm
印　　张	6
字　　数	90千
版　　次	2018年1月第1版
印　　次	2018年1月第1次印刷
书　　号	ISBN 978-7-220-10456-5
定　　价	28.00元

■**版权所有·侵权必究**

本书若出现印装质量问题，请与我社发行部联系调换
电话：（028）86259453

此书根据以下版本翻译：
1975年10月10日初版发行
1995年9月18日改版发行
2008年7月25日改版17刷发行
发行所：中央公论新社

目录

阴翳礼赞　　　　　—— 001

说懒惰　　　　　　—— 052

恋爱与色情　　　　—— 073

厌　客　　　　　　—— 122

旅行杂谈　　　　　—— 134

厕所杂说　　　　　—— 164

译后记　　　　　　—— 179

阴翳礼赞

如今，家居考究的人，为了营造纯日式风格，难免在电灯、煤气和自来水管道的安装上煞费苦心，想方设法使之与日式房间相协调。就连没有盖过房子的人，一旦走进饭馆、旅馆等日式房间，恐怕也经常能注意到这种风气的流行吧。自命不凡、精通茶道的人另当别论，他们不屑于科学文明的恩泽，乐居偏僻乡村的草庵。但如果是居住在城市的大家庭，不管怎么讲究日式风格，也不能缺少现代生活所必需的暖气、照明和卫生设备。因此，一味执着于日式风格的人往往会为装一个电话而大伤脑筋。总想着把它放在楼梯后面、走廊角落等尽可能不显眼的地方。此外，院子里的电线埋在地下，房间的电源开关藏在壁橱或者地柜里，电线绕在屏风的背面，等等，想来想去，结果出现神经质的过度操作，反而自寻烦恼。实际上，我们的眼睛早已适应电灯之类的东西，与其挖空心思藏起来，倒不如给电灯加一个老式的乳白色浅灯罩，使灯泡露出来，显得更自然、淳朴。傍晚，透过火车车窗眺望乡村景色，茅草屋顶的农家拉门后，现今已经过时的有浅灯罩的灯泡透着亮光，别有一番韵味。但是，说起电扇，不管响声还是样子，到现在仍然感觉与日式房间不协调。若是一般人家，不喜欢也可以不用，但到了夏天，如果是生意人家，就不能一味地迁就老板的喜好了。我的朋友偕乐园旅馆老板是一位家居考究的人，因不喜欢电扇，客厅里一直都没装。可是一到夏天，客人就叫苦不迭，结果还是不得已装上了。前些年，我不顾身份，斥巨资盖新居时，也有类似的体会。一旦对建材器具等细枝末节都在意，必将困难重重。比如一扇拉门，从喜好来说，我不想装玻璃，但如果只用纸的话，又不利于采光和密闭。不得已只能里面贴纸，外面安玻璃，这样就要安装内外两层沟槽，费用也随之增加。并且，即便花工夫至此，从外面看，只是个玻璃门，从里面看，纸后有玻璃，仍不像真正的纸拉门温润柔和，不尽如人意。早知如此，还不如就做成一个玻璃门呢，这时才后悔不已。别人为之，颇觉可笑，但若轮到自己，不做到最后一步是不会死心的。近来的灯具，如座灯式、提灯式、八角形和烛台形等，都是作为与日式房屋相协调的种类新上市的，但是哪种我都不中意。于是，从旧货店淘来老式的煤油灯、夜明灯、床头灯，自己安上灯泡。尤其头疼的是采暖设计。因为大凡叫作炉子的东西从形态上都不大适合日式房屋。煤气炉燃烧时不光会呼呼响，还不能装烟囱，想想就头痛。在这点上，电炉倒是很理想，但是形态同样不讨人喜欢。将电车上使用的暖气安在地柜中，倒是个办法，但看不见红色的火焰，就体会不到冬天的氛围，也不适合阖家团圆的场合。我绞尽脑汁，最后造了一个类似农家使用的大火炉，里面装上电热炭，既能烧热水，又能取暖，除了费用高点，样式颇为成功。采暖设计还算比较理想，但下一个头疼的是浴室和厕所。偕乐园老板不喜欢在浴槽和冲洗处贴瓷砖，客用浴室全部采用木造。当然，不管从经济角度还是实用角度，贴瓷砖都更胜一筹。但是如果天花板、屋柱和板壁等使用上等日本木料，而有的地方却贴上花哨的瓷砖,整体的搭配实在不协调。刚建好的时候可能还说得过去,经年累月,板壁和屋柱逐渐现出木纹,只有瓷砖依然洁白透亮,这才真是好比一棵树嫁接上一根竹子,极不协调。不过,浴室的话,根据个人喜好,多少牺牲点实用价值倒也无所谓,若是厕所的话,就要麻烦多了。

我每次到京都、奈良的寺院,看到那里微暗的、打扫得一尘不染的老式厕所,都深深感到日本建筑的难能可贵。茶室固然好,但日式厕所更使人精神放松。这种地方必定远离主屋,建在飘满绿叶和青苔香气的林荫深处。沿着回廊走过去,蹲伏在微暗的光线中,看着纸拉门透出的微微亮光,沉浸在冥想之中。或可眺望窗外庭院的景色,那心情真是无以言表。漱石先生把每天早晨如厕当成一件乐事,索性说其是生理之快感。体味这样的快感,当数身处寂静的板壁与清秀的木纹中,能看见蓝天与绿叶之色的日式厕所为最佳。因此,我再强调一下,恰到好处的微暗、彻底的清洁、安静得几乎能听到蚊子叫,这些均为必要条件。我喜欢在这样的厕所里倾听淅淅沥沥的雨声。尤其是关东的厕所,地板上有细长的清扫通道,房檐和树叶上落下的雨滴,洗涤了石灯笼的基座,润湿了踏脚石的青苔,之后渗入泥土,那静谧的声音格外真实亲近。的确,厕所适合闻虫鸣鸟啼,赏优美月夜,是品味四季变化、万物情趣的最佳场所。恐怕自古以来的俳句诗人从这里获得了很多灵感吧。因此,应该说日本建筑中,厕所才是最风雅之处。将一切诗化的我们的祖先,反而把住宅中本应最不洁净的地方变成雅致之处,将之与花鸟风月相结合,使之笼罩着令人怀恋的情愫。从一开始,西洋人就视厕所为不洁之地,避讳在公众场合提及。与之相比,我们就聪明多了,真正掌握了风雅的真谛。非要说缺点的话,因远离主屋,夜间如厕不便,冬天尤其有患感冒之虞。然而,正如斋藤绿雨[①]曾有诗云"寒冷即风流"。那样的地方,和外面一样冷反而让人心情愉快。宾馆的西式卫生间装有暖气,热烘烘的实在不爽。话说回来,喜欢营造雅室的人,大概谁都觉得这

---

① 斋藤绿雨(1867—1904),小说家、评论家、随笔家。著有小说《捉迷藏》《油地狱》,随笔集《雨蛙》等。——译注

种日式厕所最为理想吧。若是房子像寺院那样宽敞，住的人又少，打扫的人手也齐备的话，自然不成问题。可若是一般住宅，要时常保持清洁是极为不易的。尤其一铺上木地板和榻榻米，势必更要讲究礼仪规矩，即使勤于擦拭，一不小心还是会弄脏。结果只能铺上瓷砖，安装水箱和马桶等净化设备，既干净又省事。但这样一来，就与"风雅""花鸟风月"完全绝缘了。厕所顿时明亮起来，四面都是雪白的墙壁，哪里还有心情尽情享受漱石先生所说的生理快感。的确，一眼望去，到处纯白光亮，确实清洁无比，但总觉得自己体内之物的排泄场所，用不着这么讲究。美人的肌肤，无论多么冰清玉洁，若在大庭广众之下翘臀裸足都有失礼仪。同样，把卫生间弄得到处明光锃亮，说得严重一点，简直是毫无品位。可见的部分越是干净，越让人联想不可见的部分。厕所这种地方，还是包裹在朦胧微暗的光线中，将净与不净的界限变得扑朔迷离些才好。所以，我在建自家房屋时，净化设备倒是有，瓷砖是绝对不用的。地板铺楠木的，颇有日本风格。头疼的是便器，众所周知，冲水式的都是白瓷制作，带有闪闪发光的金属把手。总之我想要的，不管是男用还是女用，最好是木制的。打蜡的当然最好，原木的也不错，岁月久了，木色变深，木纹渐渐显现魅力，让人心神安宁。尤其是将一把青翠的杉树叶放进小便池，不仅养眼，而且不会发出一丝声响，可以说是相当理想的做法。我虽然不至于那么讲究，但最起码想有一个自己中意的、可以冲水的便器。不过要是特意定做，非常麻烦又花大价钱，只好作罢。于是，当时我就想，照明、采暖、便器，引进文明利器固然无可非议，但为何不能稍稍尊重一下我们的生活习惯和爱好，顺应它而加以改良呢？

座式电灯开始流行，是因为我们重新意识到"纸"所蕴含的柔和与温暖，这一点曾被我们一时忘却。这种流行也证明了使用纸的座式电灯比玻璃制品更适合日式房屋。但便器和火炉，直到今天还没有非常合适的样式上市。关于采暖，根据我的尝试，在炉子里装上电热炭最好，但就连这样简单的设施都没人想做（寒碜的电火盆倒是有，但起不到暖气的作用，和普通火盆一样），现有的东西都是不美观的西式暖炉。对衣食住的各种琐细趣味处处用心，确实有点奢侈。也许有人会说，只要能抵御寒暑和饥饿，什么样式都无所谓。事实上，无论多么逞能，"下雪之日最寒冷"，只要眼前有方便的器具，哪有闲暇顾及什么风雅不风雅？我经常不由自主地想，不断地沐浴这些器具的恩泽，虽然已成为一种不得已的趋势，但依我看，如果在东方有一个完全不同于西方的、独自的科学文明得以发展的话，我们的社会状况也会与今日大不相同吧。比方说，如果我们有独自的物理学、化学，以此为基础的技术和工业也就能自然而然地得以独特发展，各种日用器械、药品、工艺品就会更加符合我们的国民性。不仅如此，恐怕就连物理学和化学本身的原理，也会产生与西方人不同的见解。甚至连光线、电气、原子等的本质和性能，也许会跟我们现在所了解的呈现出一种不同的形态。我不了解这些理论，只是单凭模糊的想象。不过，至少实用方面的科学发明，如果能走独创的道路，衣食住自不必说，甚至对于我们的政治、宗教、艺术和实业等，都肯定会产生广泛影响。不难想象，东方就是东方，我们完全能开辟别样乾坤。举个浅显的例子，我曾在《文艺春秋》写过一篇对比自来水笔和毛笔的文章。假如自来水笔是过去的日本人或中国人设计发明的，那么笔头一定不会做成钢笔尖儿，而应该是毛笔尖儿。而且墨水不会是那种蓝色的，而是接近墨汁的液体。还会想方设法使液体从笔杆儿慢慢向毛笔尖儿渗透。若是这样，纸张就不便使用西式的，即使是大批量生产，最好也应是近似于和纸质地的，或者是改良半纸①。如果纸张、墨汁和毛笔如上述般发达，钢笔和墨水就不会像现在这样流行，罗马字论等论调也不会大行其道，大众对于汉字和假名文字的热爱就会更加强烈吧。不，岂止如此，或许我们的思想和文学，也不至于一味效仿西方，而是朝着更加独创的新天地突飞猛进了吧。如此想来，文具虽小，其影响所及却是无限广阔的。

我很清楚，以上的想法只是小说家的空想，时至今日，不可能回到过去重新再来。因此，事到如今，我说的这些只不过是痴人说梦，空发牢骚而已。但是，牢骚固然是牢骚，不管怎么说，想想我们与西方人相比损失有多大，发

---

① 改良半纸，明治末年出售，将骏河半纸改良制成。——译注

发牢骚也未尝不可。一言以蔽之，西方朝着顺利的方向发展至今，我们恰逢优秀的文明而不得不接受。其代价是，我们走向了与过去数千年的发展道路完全不同的方向，由此遭遇了各种各样的障碍和曲折。不过，若我们被弃置不管，今天也许和五百年前一样，不会取得物质上的大发展。现在，如果去中国和印度的乡村，那里可能依然过着几乎同释迦牟尼和孔夫子时代一样的生活吧。但他们毕竟选择了合乎自己特质的发展方向，虽然迟缓，却总是在慢慢地持续进步。说不定有朝一日，他们会发现真正适合自己的文明利器，它并非借来之物，可以取代今天的电车、飞机和收音机。简言之，就说看电影，美国的电影与法国、德国的电影在阴影和色调的处理上都不一样。演技和剧本另当别论，单从摄影就能看出国民性的差异。即使利用相同的机器、药品和胶卷，仍然会有如此差异。如果我们有自身固有的摄影技术，电影画面与我们的肤色、容貌和气候风土该多么匹配啊。不管是留声机还是收音机，如果是我们发明的话，必定更能发挥我们在声音和音乐方面的特长。本来我们的音乐就是含蓄的，以情绪为本位的，一旦灌入唱片,或用扩音器放大音量,魅力就失去了一大半。在说话艺术方面,我们柔声少语,最重视"气氛"。但一旦放到机器里,"气氛"就完全消亡了。因此,我们试图迎合机器,却反而歪曲了我们的艺术本身。至于西方人,本来机器就是在他们那里发展起来的,与他们的艺术相适应是理所当然的。在这一点上,我们确实吃亏不少。

听说纸是中国人发明的,对于西洋纸,我们只认为它是实用品,别无其他感触。但是,一看到宣纸、和纸的纹路,就会感受到其中的温和,变得心情平静。同样是白纸,西洋纸的白与奉书纸[①]、白宣纸的白是不同的。西洋纸的纹路有反光的感觉,而奉书纸和宣纸的纹路柔如初雪,满满地将光线吸入其中。并且手感柔韧,折叠无声,如同触摸树叶般寂静平和。总之,我们一旦看到闪闪发光的东西就会心神不宁。西洋人在餐具上也使用银制、钢制和镍制,打磨得明亮耀眼,但我们讨厌那种亮光。烧水壶、酒杯和

[①] 奉书纸,一种用上等楮木制作的纯白、无褶、精美的高级日本纸。多用于奉书。——译注

斟酒器等，我们也会使用银制的，但是不会像西洋人那样打磨得锃亮。相反，我们喜爱表面的亮光消失、有年代感、渐渐褪色变暗的感觉。家里好不容易有一件长了锈迹的银器，不得要领的女佣却将其擦拭得锃亮，因此被主人斥责的事情，恐怕哪个家都发生过。近来，中国菜一般都用锡制餐具，也许中国人喜爱它逐渐富有古韵这一点吧。锡器在崭新的时候就像铝制品，并无美感，中国人一旦使用，务必使其富于时代印记和雅致趣味。并且，锡器上若雕刻有诗句等，随着其纹理变得黝黑，就会更趋和谐匹配。总之，轻薄光亮的锡制轻金属，一旦到了中国人手里，就变得如紫砂陶器般深沉、淡雅、厚重。中国人也爱玉石，它似乎是数百年的古老空气凝聚而成的石块，奇妙地略带杂质，深邃凝重，朦胧透亮。能从这种石块之中感受到魅力的，恐怕只有我们东方人了吧。玉石既没有红宝石、祖母绿般的色彩，也没有钻石般的光芒，那么究竟它什么方面惹人喜爱呢？对此我们也不太了解。不过，一看那幽深沉淀的肌理，就感觉那应该是中国玉石才有的气息，感觉历史悠久的中国文明之点点滴滴似乎都凝聚在这厚重的浑浊之中。于是，也就多少能理解，中国人喜爱这样的色泽和物件，没什么不可思议的。最近水晶等也从智利大量进口，相比于日本水晶，智利水晶太过明净透亮。老早就有的甲州产的水晶，透明中遍布朦胧的云翳，感觉更加凝重。有种叫作"含草水晶"①的，里面混合着不透明的固体，反而令我们喜爱。就连玻璃也一样，经中国人的手制成的所谓乾隆玻璃，与其说是玻璃，倒不如说更近似玉石或者玛瑙。制作玻璃的技术虽然很早为东方人所知晓，却没能像西方那样发达，而在陶瓷方面却得到了发展，这一定与我们的国民性相关。我们也并非一概讨厌闪光的东西，只不过较之浅显明艳，更喜欢沉郁阴翳。无论是天然宝石还是人工器物，都一定具有让人联想起时代光泽的、略带阴翳的光芒。经常耳闻的所谓"时代的光泽"，实际上不过就是手垢的光泽。中国有"手泽"一词，日本有"熟秽"一语。长年累月，人手触摸，手上的油脂自然渗入器物，把一处抚

---

① 含草水晶，内部含有金红石、电气石、绿泥石、绿帘石、赤铁矿等的结晶。看起来如同含着草似的水晶。——译注

摸得光滑透亮。因此,所谓的光泽,换言之,无疑就是手垢。如此看来,与"寒冷即风流"相同,"污秽即雅致"亦能成为一句妙语。总之,我们所喜爱的所谓"雅致"之物中,总含有几分不洁并且不卫生的因素,这是不可否认的。西方人将污垢连根拔除,相反,东方人却慎重地保存并将其美化。说句不服输的话,从因果关系上看,我们喜欢带有人的污垢、附有油烟和风雨污浊的东西,乃至喜爱能让我们联想起这些污浊的色彩与光泽。居住在这样的建筑和器物中,便会奇妙地心境平和,精神放松。因此,我经常想,医院墙壁的颜色、手术服以及医疗器械等,既然是以日本人为对象,就不要只摆放那些光亮雪白的东西,换成暗淡柔和些的不是更好么?若是将墙壁换成砂壁①或者其他什么的,躺在日式客厅的榻榻米上接受治疗的话,患者一定能镇定自若。我们讨厌看牙医,原因之一是不喜欢那里吱吱的响声,另外也因为那里的玻璃、金属等发光的器

---

① 砂壁,日式建筑中用糨糊搅拌各色沙子,在墙上抹最后一遍灰的墙壁。——译注

械太多，让人害怕。我患严重神经衰弱的时候，一听说有位从美国归来的、拥有最新型设备的牙医，反而吓得毛骨悚然。我更喜欢去乡间小镇上，手术室设在古风的日式房屋中，似乎有点落后于时代的牙科诊所。当然，古色的医疗器械也确实让人困扰，但是近代医疗技术若是在日本得以发展，就会考虑到将服务病人的医疗设备和器械与日式房屋相协调了吧。这也是我们因为"借用"而吃亏的一个例子。

京都有家叫"草鞋屋"的著名饭馆。这家饭馆的客厅从来不用电灯，以使用古老的烛台而闻名。今年春天，我走进这家久违的饭馆一看，不知何时竟然用上了灯笼式的电灯。问店家是何时开始使用的，回答说去年就用了。"因为有很多客人都说蜡烛太暗，不得已只能改成这种电灯。不过，对于还是喜欢老样子的客人，我们会送上烛台。"难得此行特意为怀旧而来，于是让店家换上了烛台。这时我感觉到，日本的漆器之美，只有在这朦胧的微光中才能真正发挥到极致。"草鞋屋"的日式包间是小巧的"四叠半"茶室，壁龛柱和天花板也都泛着黑黝黝的光，用灯笼式的电灯，也让人感觉昏暗。但是，一旦换上更暗淡的烛台，在烛光摇曳的阴影中凝视托盘和饭碗，竟会感觉到这些漆器泛着如沼泽般幽深厚重的光泽，具有完全不同的魅力。由此可知，我们的祖先发现了漆这种涂料，并喜爱漆器的光泽，并非偶然。听朋友萨巴鲁瓦说，印度至今仍瞧不起陶瓷餐具，大都使用漆器餐具。我们正好相反，只要不是茶会或者某种仪式的场合，除了餐盘和汤碗，几乎都是用陶瓷的。说起漆器，总觉得俗气，缺少雅趣。给人这种感觉的原因之一，恐怕是采光和照明设备带来的"明亮"吧。事实上，可以说没有"暗淡"作为条件，漆器之美就无从体现。如今出现了叫作白漆的东西，但自古以来，漆器的表面都是黑色、茶色、红色的，这些色彩是多重"暗淡"堆积而成，感觉它是从包裹四周的黑暗中自然产生的。绘有华丽泥金画的、闪闪发亮的涂蜡小手提箱，书桌，多宝阁等，有的总让人感觉花里胡哨、不协调，甚至恶俗。如果让这些器物周围的空白用漆黑填满，用一点灯火或烛光替代日光或电灯映照上去，你再看，原来花里胡哨的东西，瞬间就变得深沉、素雅、凝重。古代的工匠在这些器物上涂漆、绘泥金画时，一定是把这种昏暗的房间置于大脑中，追求作品在暗淡光线下的效果。大量使用金色也应该是考虑到，在黑暗中金色更能清晰呈现，也更能反射灯火吧。总之，泥金画，不是放在明亮之处让人一览无遗的，而是放在暗处让人从部分到整体，一点一滴地发现其内在美的。它将豪华绚烂的画面大部分隐藏于暗淡之中，反而催生出一种不可言传的余韵。并且，那器物表面发亮的光泽，从暗处看去，映着摇曳的灯火，仿佛轻风拂过寂静的房间，让人不由得安然冥想。假如阴暗的室内没有一件漆器，那烛光火影酿造出的奇妙的梦幻世界，那随风摇曳的灯火所敲击的夜的脉搏，该减损多少魅力啊！这真像是榻榻米上有几条小溪在流淌，池水满溢，四处捕捉着灯影，纤细、微弱、闪烁，在夜色中编织着泥金画般的花纹。想来，陶器作为餐具也是不错的，但没有漆器那种阴翳和深沉。用手摸一下陶器，又重又凉，传热快，不适合盛放热的东西，还会发出"咔擦咔嚓"的声响。而漆器手感轻柔，也不会发出刺耳的响声。端起汤碗的时候，掌心承载着汤汁的重量，体会着汤汁的温暖。我最爱这种感觉，就像是手捧着一个胖乎乎的初生婴儿。汤碗至今使用漆器，完全有道理可循，陶器确实不合适。首先，掀开汤碗的盖子，陶碗的话，汤汁的内容和色泽便一览无遗。漆碗的好处在于，从揭开盖子到送到嘴边这一瞬间，你可以体会到一种奇妙的心情。暗淡幽深的碗底，无声沉淀着与容器的颜色相差无几的液体。人虽然看不清碗中的幽暗到底为何物，手却能感觉到汤汁缓缓摇动，碗边微微渗着油脂。于是，你会知道那是汤汁升腾的热气，这热气让你在喝汤前就朦胧预感到了香味儿。这一瞬间的心情，与将西式汤汁盛在浅白的盘子里送上来的西餐相比，真是大不相同。我必须说，这是一种神秘感，一种禅的趣味。

我将汤碗放在面前，它那轻微的"滋滋"声，沁入耳中。倾听着这如远处虫鸣似的声音，心里想着将要品尝的美味。每逢此时，我便觉得被带进了三昧之境。据说茶人听到水滚开的声音时，就会联想到山上的松风，进入无我之境。这恐怕与我的三昧之境相类似吧。有人说日本料理不是供食用，而是供观赏，我却想说，比起观赏来，日本料理更能引人冥想。这是黑暗中闪烁的烛光和漆器合奏出来的，无声音乐的魅力。漱石先生曾经在小说《草枕》中赞美羊羹的颜色，这么说来，那不也是引人冥想的颜色吗？像玉一样半透明的表面，深深吸取着阳光，如梦幻般微微闪亮，含在口中，妙不可言。色彩深沉而复杂，是西式点心绝对没有的。奶油等与之相比，是多么浅薄、单调啊！将羊羹放进漆器果盘中，表面的色泽变得暗淡深沉，更能引人冥想。将冰冷滑腻的羊羹含在口中时，人们会感觉室内的黑暗仿佛变成了一个大大的糖块，在自己的舌尖融化。于是，哪怕是口感不佳的羊羹，也会平添一层奇妙而深沉的美味。的确，不论哪个国家，都会想方设法使菜肴的色彩与餐具、墙壁的颜色相协调。日本料理若在明亮之处，用洁白的餐具，吃起来一定会食欲大减。例如，我们每天早晨吃的红酱汤，想一下汤汁的颜色，就会知道它是在过去光线昏暗的房间里得以制作并发展的。我曾应邀出席一次茶会，席间一碗酱汤被端上来，与我平时喝的毫无二致，汤汁浓稠得像红土般。但当我看到它在烛光摇曳下，沉淀在黑色漆碗中时，立刻觉得它的色彩极为深沉而美味。此外，说起酱油之类的，京都、大阪一带的"上方"地区，在吃生鱼片、腌菜和拌青菜时,使用味浓色重的"大豆酱油",那黏稠的、富有光泽的汁液是多么富有阴翳,与"昏暗"相协调啊!另外,白酱、豆腐、鱼糕、山药汁、白色的生鱼片等白色的食物,若周围环境弄得很明亮,色彩也就不突出了。首先,哪怕是米饭,将其盛在光亮黝黑的木饭桶中,置于暗处,反而看起来既美观又刺激食欲。刚刚煮熟的白米饭,打开锅盖,热气升腾,将其盛进黑色的容器,粒粒如珍珠般晶莹闪亮。见此情景,日本人都会深感米饭的珍贵吧。如此一想便可知晓,我们的饭菜总是以阴翳为基调,与"暗"有着割也割不断的关系。

对于建筑,我完全是门外汉。西方教堂的哥特式建筑,屋顶又高又尖,顶端直冲云霄,据说其美观正在于此。与之相反,我国的寺院建筑首先在屋顶上蹲伏巨大的脊瓦,房檐将整个建筑环绕在幽深宽阔的阴影之中。不仅是寺院,就连宫殿和民宅也一样,从外面看,最显眼的是巨大的瓦葺或者茅草葺的屋顶,还有房檐下漂浮的浓厚暗影。有时,即使是在白天,屋檐下也萦绕着洞穴般的黑暗,几乎看不见入口、房门、墙壁和柱子。无论是知恩院、本愿寺那样的宏伟建筑，还是偏僻乡村的农家，都是如此。过去的大多数建筑，屋檐下和屋檐上的房顶部分相比，至少用肉眼看上去，总感觉屋顶部分显得厚重、堆叠、面积大。因此，我们在建造住宅时，首先撑开屋顶这把大伞，使地上落下一片日影，然后在这微暗的阴翳中盖房子。当然，西式建筑也不是没有屋顶，但感觉那种屋顶主要是为了防御雨露，而不是为了遮阳。尽量不留背光处，使内部尽可能多的接收到阳光的照射，这种理念从建筑外形上就可以看出。如果说日式屋顶是一把伞，那西式屋顶只能算是一顶帽子，而且还是一顶鸭舌帽，帽檐窄小，直接在屋檐边承受阳光的直射。日本房屋的大屋顶长房檐，大概与气候风土、建筑材料以及其他各种因素有关吧。此外，我们还在阳光难以照射到的客厅外侧，挑出柱檐，装上走廊，进一步远离日光。从庭院里反射进来的光线透过纸拉门，静悄悄地映进室内，柔和温暖。我们日式客厅的美之要素，就是这间接的柔光。这光线微弱、静寂、稍纵即逝，为了使它悄然平静地沁入客厅的墙壁，我们特意将墙壁涂抹成淡色的砂壁。储藏室、厨房、走廊的墙壁是涂成亮色的，但客厅的墙壁基本都是砂壁,很少让它发光。否则,外面射进来的微弱光线就失去了柔弱之美。阳光从外面投射进来,朦胧闪烁,映照在昏黄的墙壁上,艰难地残存着一点余光,我们尤爱这纤弱的光明。于我们而言,这墙壁上的光明或暗淡胜过任何装饰,亲切温暖,百看不厌。因此,为了不让砂壁打乱这种光线效果,当然要将其涂成只有一种颜色的单色。每间客厅的底色虽然略有差别,但那何其微小!这种差别,与其说是色差,倒不如说仅是微小的深浅之别,或者观者心情的差异罢了。并且,墙壁色彩的微小差异,分别给各个房间的阴翳带有来不同的色调。尤其是我们的客厅里设有壁龛,这里挂着挂轴,摆着插花,虽然二者也具有装饰作用,但主要是增添阴翳的深度。我们挂上一幅挂轴,首先是要看字画与壁龛墙壁是否协调,即最看重的是"搭配"效果。我们重视构成挂轴内容的书画的优劣,也同样重视装裱的好坏。这确实是因为若"搭配"得不好,再有名的书画都会失去作为挂轴的价值。相反,有时一幅书画,作为一件独立的作品可能算不上什么杰作,一旦挂上客厅的壁龛,与房间非常协调,挂轴和客厅都会立刻变得引人注目。那么，这幅本来并无什么特别的书画挂轴，究竟是哪里让人觉得协调呢？主要是它的纸张、墨色以及装裱的细部有古色古香的感觉。而且，这种古色古香与壁龛、客厅的暗淡达成了恰到好处的平衡。我们经常拜访京都和奈良的古刹名寺，看到被视为寺庙珍宝的挂轴，悬挂在幽深的大书院壁龛里。这些壁龛大都白天也光线暗淡，看不清挂轴的图案花纹，只能边听着向导解说边探寻着渐渐消失的墨迹，想象着那画面应该很精美吧。朦胧的古画与暗淡的壁龛那般和谐，使得绘画的不鲜明非但不是什么问题，反而让人觉得这种不鲜明恰到好处。就是说，此时的那幅画只不过是接受朦胧微光的一个典雅的"面"，只能起着与砂壁完全相同的作用。我们选择挂轴时特别注重时代和"古雅之趣"，理由就在于此。新画，即使是水墨或淡彩，一不小心也会破坏壁龛的阴翳。

　　如果把日式客厅比作一幅水墨画，纸拉门就是墨色最淡的部分，而壁龛是最浓的部分。每当我看到讲究风雅的日式客厅的壁龛，总是感叹日本人是多么理解阴翳的妙处，多么能巧妙运用光与影啊！这里没有任何特别的装饰，只是用干净的木材和洁净的墙壁隔出了一个凹陷的空间,使射进来的光线在这个空间随处形成朦胧的阴影。尽管如此,我们还是会眺望壁龛上方的横木后面、插花周围、博古架下面等角落充溢的黑暗,明知道这些都是一般的背光处,但还是深深感到只有那里的空气沉静如水,永恒不变的寂静占据着这里的黑暗。我想,西方人所说的"东方的神秘"大概就是指这种黑暗所具有的可怕的静寂吧。就连我们小时候也一样,每当凝视着阳光照不到的客厅或书斋的壁龛深处,就会感到难以形容的恐怖和寒意。那么这种神秘的关键何在?揭开谜底,归根结底是阴翳的魔法使然。如果我们一一驱除角落里的阴影,壁龛就会瞬间归于空白。我们祖先中的天才,将虚无的空间任意遮蔽起来,自然形成了一个阴翳的世界,并在这里营造出远胜于一切壁画或装饰的幽深韵味。这看似简单的技巧,其实非常不易。比如,壁龛旁边的窗的线脚、上方横木的纵深、下方框架的高度等,处处都是苦心孤诣而成,这一点我们不难觉察。特别是,当我站在书斋的纸拉门前,置身于那洁白朦胧的微光中时,竟会忘记时光的流逝。本来书斋这种地方,顾名思义,自古读书之处,因此才安了窗户,只是不知何时这窗户变成了壁龛采光之用。很多时候,窗户与其说是采光之用,不如说是起着将侧面射进来的阳光先经窗户纸过滤一下,使之适当减弱的作用。那照射到窗户纸内侧的反射光线,多么具有清冷与静寂之色!庭院的阳光钻进房檐,穿过走廊,终于到达这里。此时它似乎已经失去了发光的力气,也没有了血性,只不过使窗户纸微微泛白一些而已。我时常伫立在那窗前,注视着那明亮但一点也不耀眼的纸面。大寺院建筑的客厅,因距离庭院遥远,光线就更加微弱。不论春夏秋冬、晴日阴天、早晨白天或傍晚,一律都是微弱的白光。纸拉窗每个纵向细密的框都形成一个阴影,让人不由惊讶地感到,那阴影就像是灰尘积聚一处,永远地沁入纸里,一动不动。此时,我不断眨着眼睛、迷惑地看着这如梦似幻的光亮,感觉眼前似乎升起一团朦胧的雾气,模糊了我的视线。这是因为,那纸面上微白的反光,无力驱走壁龛的浓暗,反而被黑暗弹回来,以致呈现无法分辨明暗的迷离状态的缘故。诸君进入这种客厅时,有没有感觉到,房间里摇曳的光线不同于一般的光线,而是一种特别难得的、具有厚重感的光线?还有,在这里你感觉不到时间的变化,不知不觉间岁月流逝,让你甚至感觉,走出房间时,你可能会变成白发老翁,从而对"悠久"二字抱有一种恐怖之念。

诸君进入日式的宏大建筑内部,往里面再往里面走,你会发现,处于一切外面的光线照不到的、暗处的金隔扇、金屏风,捕捉着相隔很远的、从庭院射进来的光线,微微闪着光又如梦幻般将那光反射回去。这反射光,就如傍晚的地平线,只是向周围的黑暗洒着微弱的金色光芒,我从未感觉到,黄金居然能展现这般沉痛的美!我从它前面经过,又反复回头,再三端详,从正面到侧面,随着我脚步的移动,金色纸面的光就会慢慢由内而外扩散开来。这光绝不是忽明忽暗的匆忙一闪,而是像巨人变脸一样,目光炯炯,久久停留。有时真是感到不可思议,那梨子地儿①的金色,刚刚还在反射着沉睡般的暗淡光线,怎么从侧面看,

---

① 梨子地儿,原文为"梨地":梨皮织物。使缎组织、斜纹组织的织孔浮出或者通过再加进别的组织,使布面产生梨皮感觉的织物。——译注

竟如燃烧的火焰般光芒四射？这么黑暗的角落怎么能集聚如此多的光线？因此，我才开始明了，古人为何给佛像涂上黄金，位高爵重者起居室的四壁为何要用黄金装饰。现代人住在明亮的房间里，所以不知黄金之美。但是，住在昏暗房间里的古人，不仅沉醉于这美丽的色彩，还应该早就知道其实用价值吧。因为在光线匮乏的室内，它无疑起到了反光镜的作用。就是说，他们不是单单奢侈地使用金箔或者金砂，而是利用它的反射来弥补光线的不足。因此，我们不难理解，银和其他金属的光泽很容易就消退，但是黄金能够恒久发光，照耀着室内的阴暗，所以显得异常宝贵。我在前面说过，泥金画这种东西是专门供人在暗处观赏而做的，如此看来，不只是泥金画，就连纺织品在过去也都大量使用金银丝线，是基于同样道理。僧侣们穿的织金缎袈裟等，不正是最好的例子么？如今城里的很多寺院，为了迎合大众，大都把正殿弄得很明亮。此时，织金缎袈裟只是显得绚丽，不论是怎样的得道高僧，穿在身上也很少令人肃然起敬。但是，若是在有历史渊源的寺院，列席那里的仿古法事，老僧布满皱纹的皮肤、佛前闪烁的灯火和那织金缎的袈裟，是那么协调，平添几分庄严气氛。这也和泥金画一样，华丽的纺织花纹大部分被黑暗遮住，只有金银丝线不时地闪烁着微光。也许是我个人的感觉，我觉得，能乐的演出服装，最能映衬日本人的肤色。当然，这种服装大都非常绚烂多彩，大量使用金银丝线，并且，穿着它登台的能乐演员，不像歌舞伎演员那样面敷白粉。日本人特有的略带红色的褐色肌肤，或者是微黄的象牙色素颜在此时最具魅力，每次看能乐我都感慨万千。金银线的编织、带有刺绣的夹衣也很配日本人的肤色，浓绿或者深褐色的武士素袍、礼服、便服之类，还有白色的窄袖便服、裙裤等，更是十分协调。有时能乐演员正好是个美少年，他那细腻的肌肤、年轻的富有光泽的脸颊，在服装的衬托下更加引人注目，自然而然地，有着与女性肌肤不同的诱惑力。古代的大名①，之所以沉溺于所宠爱的美少年姿容，原来是出于这个原因。歌舞伎的历史剧以及舞剧的

---

① 大名，江户时代，将军的直属家臣中俸禄在一万石以上的武士。——译注

服装之华美不逊于能乐，并且在性的魅力方面比能乐更胜一筹。但是，经常观看这两种戏剧的人，可能会有完全相反的感觉吧。确实，乍看起来，歌舞伎富于性感，非常漂亮。但是，放在过去还可以，如今的舞台都使用西式照明设备，于是那种华丽的色彩很容易陷入恶俗，令人生厌。服装尚且如此，化妆也一样，即使画得再美，但看到的都是一副假面孔，使人感受不到天然的美感。然而，能乐演员的脸、颈和手，都以本来的样子登场，眉眼的娇艳魅力都是演员与生俱来的，丝毫不会欺骗观众的眼睛。因此，观众看能乐时，不会有看到饰演男旦或英俊小生演员的素颜就扫兴的情况。我们只感觉到，这些和我们有着相同肤色的演员，一旦穿上武士时代的华丽衣裳，乍看虽然并不合适，但那姿容是那么惹人注目。我曾经见过在能乐《皇帝》中扮演杨贵妃的金刚严①先生，至今都不能忘记，他那从袖口中露出的手是多么漂亮！我一边看着他的手，一边

---

① 金刚严（1886—1951），日本能乐师，金刚流第二十四代传人。在能乐面具和装束方面造诣很深。著有《能和能乐面具》等。——译注

反复观察放于膝上的自己的手。他的手是那样美,这种美,来自整个手掌从手腕到指尖的微妙动作,来自带有独特技巧的手指的姿势。但是,那和肤色一致的、由内而外映射出来的光泽,究竟从何而来呢?我惊讶不已。无论如何,那双手就是一双普通日本人的手,其肌肤的色泽与我放于膝上的手别无二致。我一而再、再而三地,将舞台上金刚严先生的手和我的手进行比较,怎么看都是一样的手。不可思议的是,这同样的手,到了舞台上,却美得那样妩媚;自己膝盖上的手,却那样平凡无奇。这种情形不只限于金刚严先生一人。在能乐世界里,露在衣裳外边的肉体,只有极少的一部分,仅有脸、颈、从手腕到指尖而已,演杨贵妃这一角色时,演员戴的"能面"连脸都遮住了。可是,就是这极少露出的肌肤,其颜色和光泽却给人不同寻常的深刻印象。金刚先生也许特别突出,不过,大多数演员的手都是普通日本人的手,没有什么奇特之处,却发挥着独特的魅惑,那是穿着现代服装就会被忽略的。再重复一遍,这种情况,绝不仅限于美少年或者美男子演员。例如,平常我们不可能被普通男子的嘴唇所吸引,但是在能乐舞台上，演员那暗红潮润的肌肤，比涂口红的女性更带有性感的黏度。这可能是因为演员为了歌唱始终用唾液润湿的缘故，但又并非单单如此。童角演员，脸颊呈现潮红，那红色特别鲜艳惹眼。根据我的经验，这种情况在童角穿绿色系为底色的服装时最为多见。肤色白的自不必说，实际上，肤色黑一些的童角，更能突出红的特色。这是因为，肤色白的孩子，红白对照过于鲜明，与暗色调能乐服装的对比太过强烈；肤色黑的孩子，脸颊呈暗褐色，红色就不特别显眼，衣服和脸颊就更能互相衬托出美感。暗绿色和暗褐色，这两种中间色互相映衬，使得黄种人的肌肤发挥其优势，更加引人注目。我不知道还有什么样的色彩搭配能产生如此美的效果，但是，如果能乐也像歌舞伎一样采用现代化的照明设备，那么，这些美感都会在炫目的灯光下消失殆尽吧。因此，能乐舞台保持古风的暗淡，是遵循着必然规律的。建筑也是越古老越好，地板泛着自然的光泽，房柱和板幕①等都黝黑发亮，从房梁到房檐的黑暗，就像

---

① 板幕，日文原文为"镜板"，能乐舞台正面绘有古松的壁板。——译注

扣着一个大吊钟遮盖在演员的头顶，这样的舞台是最合适的。话说最近能乐开始在朝日会馆、公会堂演出，这当然是好事，不过可想而知，能乐真正的韵味也丧失了大半。

不过，伴随能乐的暗淡和由此产生的美，是特殊的阴翳世界，今天只能在舞台上见到。其实在过去，应该没有和实际生活如此脱离开来吧。就是说，能乐舞台的黑暗，就是当时住宅建筑的黑暗，能乐服装的花纹和颜色，虽然比实际生活中华丽些，但大体上和当时的贵族、大名的穿着相同。每思及此，我就想象过去的日本人，特别是战国或者桃山时代穿着豪华服装的武士们，和今天的我们相比，是多么漂亮啊！我不禁陶醉于这种思绪中。的确，能乐以最高潮的形式，呈现着我们男性同胞的美。往昔驰骋于战场的古代武士，暴露在风雨下，颧骨突出，面孔黑红，穿着布料原色的、有光泽的素袍、家徽直垂礼服和上下身礼服，那姿态是多么威风凛凛！大概欣赏能乐的人，也都乐于沉浸在这样的遐想之中，想着舞台上色彩丰富的世界确实曾经存在过，于是在欣赏演技之外，也引发一番怀古之幽思。与此相反，歌舞伎的舞台处处都是虚伪的世界，与我们的本色之美毫无关系。男性美自不必说，就连女性美也不真实，我们绝不会认为过去的女性是如今舞台上的样子。能乐的旦角因佩戴面具，和实际形象相距甚远，尽管歌舞伎旦角不佩戴面具，但看了也没有真实的感受。这都是歌舞伎的舞台过于明亮的缘故。在没有现代照明设备的时代，在蜡烛和油灯微弱光线的照射下，当时歌舞伎的旦角或许稍微接近实际吧。不过，说起现代歌舞伎的旦角，不像过去那样极具女人味儿，这并不一定因为演员的素质或容貌不佳。即使是过去的旦角，如果站在如今明晃晃的舞台上，那男性的生硬线条也必定显露无遗，而过去的暗淡光线恰到好处地将其隐藏了。在观看梅幸①晚年饰演的阿轻②时，我痛切地感受到了这一点。没必要的过度照明，消亡了歌舞伎的美。听大阪的一位内行人说，文乐座③的

---

① 第六代尾上梅幸（1870—1934），歌舞伎演员。大正至昭和前期的著名旦角。——译注
② 阿轻，《假名手本忠臣藏》中的人物，早野勘平之妻。为了丈夫，卖身于祇园一力楼，在由良平之助的帮助下，替丈夫刺杀了通敌的斧九太夫。——译注
③ 文乐座，木偶净琉璃的专门剧场，始于植村文乐轩于1789年至1801年在大阪高津桥设置的剧场。1872年搬至松岛，始称"文乐座"。——译注

木偶净琉璃①在进入明治时代后的很长一段时间，仍然使用油灯照明，那时的净琉璃远比现在更富有余韵和情调。现在，我仍然觉得，比起歌舞伎的旦角，还是木偶更具有真实感。正如那位内行所说，在暗淡的灯光下，木偶特有的生硬线条消失，白粉的油亮光泽也变得模糊，显得多么柔和！空想着那时舞台的异样美丽，我不由浑身发冷。

众所周知，文乐剧的女性木偶只露出脸和手，身体和足尖都被包裹在下摆很长的衣服里了。所以，操纵木偶的演员，把自己的手放进木偶衣服里来操纵动作就可以了。我觉得这是最接近实际的，因为过去的女性只露出脖子以上和袖口以下的部分，其他都隐藏在黑暗里。当时，中等阶层以上的女子很少外出，即使外出也总是藏在轿子或者车子的深处，尽量不让自己在街头被人看到。她们大都藏在幽暗宅邸的一间深闺里，昼夜隐身于黑暗中，只凭一张脸来表示自己的存在。因此，在衣裳方面，当时的男子服

---

① 净琉璃，日本传统木偶剧之一，也称文乐。由三位男性表演，分别为说唱的"太夫"，三弦伴奏和操纵木偶者。——译注

装比现代的华丽，女子就并非如此了。江户幕府①时代商人的女儿、妻子等的衣服朴素得令人吃惊，总之，衣裳只不过是黑暗的一部分，是黑暗与脸孔的连接而已。染黑牙齿②等化妆法，考其目的，无非是想将脸部以外的空隙都填满黑暗，于是，就要让嘴里也含着黑暗吧。如今，若是找寻那般女子的美，不去岛原的角屋③那种特殊地方是肯定见不到的。不过，我回忆起幼年时代，在日本桥的家里，母亲借着庭院微光做针线活儿的样子，就多少能想象出过去的女子是什么样子。那时是明治二十年代，一直到那个时候，东京的商人家都是暗淡的建筑。我的母亲、伯母和亲戚们，上了年纪的女性大都染黑牙齿。和服的话，日常的便服不大记得了，外出时总是穿灰色的碎花和服。母亲个子非常矮小，不足五尺④，不光母亲，那时的女性一般都

---

① 江户幕府，1603 年德川家康在江户开创的武家政权。至 1867 年，共延续 15 代 265 年。——译注
② 染黑牙齿，古时在上层妇女间兴起。室町时代，女子作为 9 岁成年的标志染黑牙齿。江户时代，已婚妇女染黑牙齿。——译注
③ 岛原的角屋，岛原是位于京都下京区的花街柳巷。角屋是岛原的一家妓院。——译注
④ 五尺即"曲尺"，日本长度单位，1 尺约为 30.3 厘米。——译注

不高。不，说得极端些，可以说她们几乎没有肉体。除了母亲的脸孔和双手外，我只朦胧记得她的脚，对于身体就没有记忆了。于是，想起了中宫寺里观世音的胴体，那不就是过去日本女性的典型裸体像吗？薄纸般的乳房，平板的胸脯，比胸部更瘦小的腹部，没有任何凹凸的平直的脊背、腰臀，整个身体与脸和手脚比起来很不协调，又瘦又细，没有厚度。与其说是肉体，倒不如说像一根上下一般粗的棍子，过去女子的身体不都是这个样子吗？如今，这样体形的女性，只有在老式家庭的老夫人或者艺妓中时有存在吧。一看到她们，我就想到木偶内部的支撑棒。事实上，那样的体形就是为穿衣服而存在的棍棒，除此什么也不是。组成这个身体的素材，就是几层卷裹住身体的衣服和棉花，剥去衣裳，就剩下和木偶一样的难看的支撑棒。但是，在过去，只要那样就可以了。对于生活在黑暗中的她们而言，只要有一张微微发白的面孔，身体就不必要了。想来，对于讴歌明朗的现代女性肉体美的人来说，恐怕很难想象往日女性那种幽灵般的美吧。也许有人说，暗淡光线下的朦胧美不是真正的美。但是，正如前面所述，我们东方人就是在不起眼的地方制造了阴翳，创造了美。古诗有云："拢草结柴庵，解草复归原。"我们的思维方式正是如此。美，不是存在于物体之中，而是存在于物与物所构成阴翳的纹路与明暗之中。正如夜明珠置于暗处才能放出光彩，宝石暴露于阳光下则会失去魅力，离开阴翳的作用，何美之有？我们的祖先认为女人与泥金画、螺钿器皿一样，和暗淡割舍不开，于是尽量把女性的整个身体都沉入阴暗中，用衣服的长袖和长下摆将手足裹在阴暗的角落，仅仅让脖子一个地方引人注目。那样一副不匀称的扁平的身体与西方女性相比，确实丑陋。但是，我们不必去思考看不见的东西，看不见的就只当是没有。硬要见识丑陋的人，如同用一百度的灯泡去照射茶室的壁龛，亲手赶走了那里的美。

可是，到底为什么只有东方人具有这种暗中求美的强烈倾向呢？西方也曾有没有电、煤气和石油的时代，但是，寡闻的我不知道他们有喜好阴暗的习惯。据说，自古以来日本的妖怪就没有脚，西方的妖怪有脚并且全身透亮。以小见大，我们的空想当中常常是一片漆黑，而他们把幽灵都想象成亮如玻璃。在其他所有的日用工艺品方面，我们喜欢的颜色是阴暗的堆积，他们则喜欢与阳光重合的色彩。就拿银器、铜器来说，我们喜欢生锈的；他们却认为锈迹不干净不卫生，一定将其擦得锃亮。为使房间里尽量没有阴影，西方人将天花板和所有墙壁都涂成白色。建造庭院时，我们种植茂密的树丛，他们铺展宽敞平坦的草坪。这种不同的嗜好因何而生呢？思考再三，我觉得我们东方人，擅于从自己现有的境遇中求满足，有安于现状之风。对于阴暗不感到不满，视其为无可奈何之事而不强求，反而利用光线不足的特点，沉潜于黑暗之中，从中发现自然而然的美感。然而，富于进取的西方人，总是期望更好的状态。从蜡烛到油灯，从油灯到煤气灯，再从煤气灯到电灯，他们不断追求光明，费尽心思驱除哪怕是些微的阴暗。恐怕就是缘于这种气质上的不同吧。不过，我也想到了肤色的差异。我们从很早以前也曾认为，皮肤白皙比皮肤黝黑更高贵、更漂亮，不过，白色人种的"白"与我们的"白"总有些不同。从近处看每一个人，既有比西方人白的日本人，也有比日本人黑的西方人，但是白与黑的色调不同。

这是就我的经验而言的。以前我住在横滨的山手,朝夕与侨居于此的外国人一起玩乐,去他们经常出入的宴会厅和舞厅时,从旁边看他们的"白",并没觉得有多白,但是从远处一看,他们与日本人的差别则一清二楚。也有穿着不劣于他们的晚礼服、比他们皮肤更白皙的日本女士,但是,这样的女士哪怕只有一位夹在他们中间,从远处一看马上就能分辨出来。这是因为,日本人不管皮肤多白,白中总有些微阴翳。因此,这些女士们为了不输给西方人,在后背、手腕、腋下,只要是露在外面的肌肤上都涂上了厚厚一层白粉。尽管如此,依然无法消除皮肤深处沉淀的暗色。犹如清冽的水中有污物,登高一看,清晰可见。尤其是手指缝、鼻翼周围、后颈和脊背等处,总是出现乌黑的、积满灰尘似的阴影。而西方人,即使表面看似不干净,但深处光洁透明,浑身上下没有不清爽的暗影。从头顶到指尖,没有任何杂质,清爽白净。所以,我们当中的某人,一旦进入他们的集会之中,就好像白纸上渗出一滴墨迹,就连我们自己也会觉得碍眼,心情不悦。如此看来,我们或可理解白种人曾经有排斥有色人种的心理。白种人中或许曾有十分神经质的人，对于社交场所里的一点"暗"，哪怕是一个或两个有色人种，都耿耿于怀。因此，不知现在情况如何，过去对于黑人的迫害最激烈的美国南北战争时代，他们憎恶和蔑视的不只是黑人，甚至包括黑人与白人的混血儿、两个混血儿生的混血儿、混血儿与白人生的混血儿，等等。他们把混血儿细化为二分之一混血儿、四分之一混血儿、八分之一、十六分之一、三十二分之一混血儿，哪怕是一点点黑人血统也要追究到底，加以迫害。乍看与纯粹的白人无异，只是二代或三代前的祖先中有一个是黑人，对这样的混血儿，他们执拗的眼睛也不会放过沉潜于雪白肌肤中的一点点色素。如此便可知晓，我们黄色人种与阴翳的关系何其深厚！既然谁都不想将自己置于丑陋的状态，那么我们使用暗色的衣食住用品，将自己隐身于黑暗之中，也是理所当然的。我们的祖先并未意识到自己的皮肤有阴翳，也并不知晓存在着比他们更白的人种，只能说他们对色彩的感觉源于自然而然的喜好。

我们的祖先将大地分为上下和四方，创造了阴翳的世界，将女人深藏在幽暗之中，深信这样的人就是世界上最白的人了吧。如果皮肤白皙是女性美最不可或缺的条件，那么我们只能这样做，也应该无可厚非。白人的头发是亮色，而我们的是暗色，这是自然告知我们的"暗"的规律。古人竟然就在无意识之中，遵循这种规律，让黄色的面孔浮现出白色。我在前面说过"染黑牙齿"化妆法，古代女子剃去眉毛，不也是突出面孔的一个手段吗？我最佩服那闪光的吉丁虫色的蓝口红，而如今，就连祇园的艺妓也都几乎不用这个了，那种口红，必须要想象着闪烁的烛光才能理解其魅力。古人故意将女人的红唇涂成蓝黑色，然后在上面嵌上螺钿纹，夺走丰艳面孔中所有的血色。漂亮的灯笼光影下，一位年轻女子微笑着，她有着如鬼火般的蓝色双唇，双唇间偶尔露出闪光的黑色牙齿。我想象着她的样子，觉得再也没有比这更白的面孔了。至少在我脑海中描摹的幻影中，比任何白人女子都白。白人的白是透明的、一看便知的、司空见惯的白，而这种白，是一种与众不同的白。抑或说，这种白，实际上并不存在。它是光亮与暗影酿造出的恶作剧，只存在于这种场合。我们觉得，这样就已足够，不再奢望更多。我一边想着这种白，一边想说说围绕这种白的暗色。多年前，我曾带东京来的客人到岛原的角屋玩乐，记得在那里见过一次无法忘却的昏暗。那就是后来因火灾全部烧毁的，叫作"松之间"的宽敞的日式客厅。星星点点的烛光照射下，大客厅的昏暗在暗度和浓度上与小客厅是不同的。正当我进入那个房间时，一位剃了眉毛、染黑了牙齿的年迈女招待，正恭恭敬敬地跪在大屏风前摆放蜡烛。这屏风的后面，大约只有一两张铺席的明亮世界，又高又浓的、纯粹的黑暗似乎从天花板向下坠落。模糊的烛光穿不透这厚重的黑暗，撞到黑色的墙壁上又被反弹回来。诸君，你们见过这种"灯光照射下的黑暗"吗？这不同于夜路的黑暗，似乎充满着一粒一粒闪着彩虹色的、类似细小粉末的微粒子，我担心它会飞入我的眼睛，不由得眨了眨眼。现在一般都流行建造狭小的客厅，大都是十铺席、八铺席或六铺席的小间，即使点上蜡烛也看不到那种暗淡色彩。过去的宅邸或者青楼都有高高的天花板、宽广的走廊，一般都是几十铺席的大房间，屋内一直笼罩着雾一般的黑暗。于是，贵妇们都完全浸泡在这暗色的汁液中。我曾在《倚松庵随笔》中写过这件事，现代人长久习惯于电灯的光亮，已经忘记了曾经有过的黑暗，尤其是屋内这种"眼睛可以看见的黑暗"。好像有什么东西一闪一闪地发着光，容易产生幻觉，有时比屋外的黑暗更可怕。大概妖魔鬼怪的跳跃就是这种黑暗吧，住在深深的帷幕后、层层的屏风和隔扇里的女子，大概也曾是鬼怪一族吧。黑暗一定是将这些女子包裹了十层二十层，填满了脖颈、袖口，以及裙摆的接缝处等所有的空隙。不，说不定，这黑暗反而是从她们的身体中，从那染黑了牙齿的口中和黑色的发尖，像土蜘蛛吐丝一样被吐出来的。

早年，武林无想庵①从巴黎回来后，曾说道，和欧洲的城市相比，东京、大阪的夜晚格外明亮。在巴黎的香榭丽舍大街正中，也有人家点油灯；在日本除非是特别偏僻的深山，否则一家也看不到。恐怕全世界最奢侈地使用电灯的国家，就是美国和日本吧，日本是个什么都想模仿美国的国家。这些话是无想庵在四五年前说的，当时还没有流

---

① 武林无想庵，原名武林磐雄、武林盛一（1880—1962），北海道札幌人。小说家、翻译家。——译注

行霓虹灯广告牌，下次他若回来，看到日本越发明亮，想必一定会吃惊吧。后来又听《改造》①的山本社长说过这样一件事。他曾经陪同爱因斯坦博士访问上方②，途中火车经过石山③一带时，博士看着窗外的景色说："啊，那个地方很浪费。"一问才知道，博士指的是那里的电线杆大白天还亮着灯。对此，山本社长的看法是："爱因斯坦是犹太人，所以才对这种事情较真吧。"美国姑且不论，比起欧洲，日本人毫不惋惜地使用电灯，这倒是事实。说起石山，还有一桩怪事。今年秋天，我为了选择合适的赏月之所绞尽脑汁，最后决定去石山寺。八月十五中秋夜前一天的报纸上，有一条消息如下：石山寺明晚为给赏月的来宾助兴，将在林中安装扩音器，播放《月光曲》唱片。看到这个消息，我立刻取消了石山之行。扩音器已经够让人头疼了，

---

① 《改造》综合杂志。1919年由改造社创刊。当时正值大正民主运动风起云涌之际，该刊成为进步的新闻界代表。1955年停刊。——译注
② 上方，指皇宫所在地。京都及其附近。亦指京都、大阪以及近畿地区。——译注
③ 石山，地名。大津市南部。琵琶湖南岸。真言宗石山寺所在地。——译注

这么一来，那座山上肯定到处要装上电灯、彩灯，增加热闹的气氛吧。之前，我也有过赏月之行落空的经历。某年的八月十五，我决定到须摩寺的池塘泛舟赏月。约好同伴，备好多层食盒，浩浩荡荡出发，到那一看，池塘周围挂满了五彩灯饰，绚烂无比，月亮已是虽有若无。想来想去，总觉得我们近来对于电灯很麻痹，对于过度照明引起的不便竟然毫无感觉。赏月之处就先不说了，茶室、饭馆、旅馆、宾馆等，全都过分浪费电灯。为了招揽客人，使用一些也是必要的，但是到了夏天，天还大亮就开灯，浪费电自不必说，更增加热度啊！夏天不管去哪里，我最受不了这个。屋外阴凉，屋内反倒热得要命，都是因为电力过强或电灯太多的缘故。试试看关掉一部分电灯的话，肯定立刻就会凉爽下来。客人和老板居然丝毫没有意识到这一点，真是不可思议。本来室内的灯光就应该冬天亮一些，夏天暗一些。这样既感觉凉爽，更不会招来蚊虫。多开电灯，势必更热，于是又打开电扇，光是想想这种做法就感觉心烦。不过，日本客厅的热气会很快散去，倒还可以忍受。宾馆的西式房间通风差，床、墙壁和天花板吸收的热量从四面反射回来，实在受不了。不好意思，举个例子，夏天的晚上去过京都"都宾馆"的人，应该对我的话抱有同感吧。这个宾馆建在朝北的高地上，比睿山、如意岳、黑谷塔、森林、东山一带的翠绿山峦，美景尽收眼底，令人心旷神怡。正因如此，反倒更觉可惜。夏日的黄昏，难得想寻一处山清水秀之地，尽享凉爽舒适，慕其凉风满楼而往。进去一看，白色的天花板上嵌满了巨大的乳白色玻璃罩，明晃晃的灯泡在里面熊熊燃烧。最近建的西式大楼，天花板都太低，电灯就像火球一样在头顶上旋转，热得不得了。整个身体，哪里靠近天花板哪里就更热，感觉从头到脖颈到脊背，简直火烧火燎。一个火球足以照亮的空间，却有三四个在那里发光，此外，墙壁、柱子上还安装了很多小灯泡。这些小灯泡除了消除角落里的阴影外，没有任何用处。室内没有一处阴影，一眼望去，白墙、粗大的红柱子、色彩艳丽的马赛克地板。这地板就像刚刚粉刷好的石版画一样，钻入你的眼睛，更觉得炎热不堪。从走廊走到这里，温差十分明显。如此装潢，即使有凉风吹进来，也立刻会变成热风，一点也没用。那家宾馆我以前经常入住，颇感留恋，所以想善意忠告一句。此乃风景名胜之地，夏季纳凉绝佳之所，被电灯破坏了景致和心情，实在太可惜了。日本人自不必说，西方人不管多么喜欢明亮，也一定忍受不了那种酷热吧。不管怎样，只要试一次，减少一些灯光看看，应该立刻就能理解我的话吧。当然，这只是一个例子，不仅限于那一家宾馆。使用间接照明的"帝国饭店"无可厚非，但我认为夏天的照明再暗一些可能更好。不管怎说，如今的室内照明，对于读书、写字、做针线活，早已不成问题了。专门为了消除四周的阴影而浪费电，这种想法完全不符合日式家居的审美观。私人住宅会从经济角度节约用电，反而做得很好。但是，商家就不同了，走廊、楼梯、入口、庭院、前门等，到处都是电灯，致使客厅、泉水、庭石的底色变得很浅淡。冬天的话，电灯多倒也暖和。但是，夏天的夜晚，不管你想逃到多么幽静的避暑胜地，只要那里是旅馆，都会遭遇和"都宾馆"一样的悲哀。因此，在自己的家，开着四面的防雨窗，于一片漆黑中挂起蚊帐躺在里面，我觉得这才是最好的纳凉方法。

最近，我在杂志还是报纸上，看到一篇英国老太太们发牢骚的报道。她们叹息道："我们自己年轻的时候都很尊重、爱护老人，而现在的年轻女孩们一点也不在乎我们。觉得老人脏，不愿靠近。现在年轻人的风气真是和过去大不一样啊！"看来，不管是哪个国家的老人都说着一样的话，随着年龄的增长，深感事事今不如昔。一百年前的老人羡慕两百年前的时代，两百年前的老人羡慕三百年前的时代，任何时代的人都不满足于现状。特别是最近，文化的发展太迅速，加上我国情况特殊，明治维新以来几十年的变迁大概相当于以前的三百甚至五百年吧。我居然也到了模仿老年人口吻的年纪了，感觉有点奇怪。但是我觉得，现代的文化设施专门取悦年轻人，逐渐形成了一个不尊重老人的时代，这是事实。简而言之，如果街头的十字路口要听口令通行的话，老人就不能放心地出门了。有资格乘汽车兜风的人倒也罢了，我们也偶尔到大阪去，从这边穿过马路到那边，都要绷紧浑身的神经。红绿灯装在十字路口的正中还好些，谁知道侧面的半空中也红绿闪烁，很难看清楚。若是宽阔的十字路口，会经常把侧面的灯看成是正面的。我曾痛切地想过，如果京都的街上也站上交警，那可就糟了。如今要体会纯日本风情，那就只能去西宫、堺、和歌山、福山那样的城市了。吃的东西也一样，在大城市很难找到适合老人口味的饭菜。前些日子，报社记者来访，让我说一些又特别又好吃的饭菜的做法，于是，就介绍了吉野山间偏僻地区的人们制作柿叶鲑鱼寿司的方法。我顺便也在这里说一下。按一升米加一合①酒的比例煮米饭。米煮沸后加酒，待米饭煮熟并完全冷却后，用手蘸盐捏紧。此时手上不能有一点水气。秘诀就是只用盐捏。然后将咸鲑鱼切薄片，放在米饭上，把柿叶正面朝里包住米饭。柿叶和咸鲑鱼都要事先用干布充分吸掉水分。都做好后，将寿司桶或者米饭桶的内部充分晾干，从一侧开始一个个摆好，不留空隙，盖紧盖子，压上类似腌咸菜用的重石。今晚腌上，次日早晨即可食用，而且第一天是最美味的，可以连续吃两三天。吃的时候，搭配蓼叶，撒点醋会更好吃。我的一个朋友到吉野游玩时吃过，觉得太好吃了，就让当地人教了做法，他回来又传授给了我。因为不论在

---

① 一合，日本容积单位，一升的十分之一。——译注

哪里，只要有柿树叶和咸鲑鱼就能做，而且，只要记住不留水气、米饭完全冷却即可。于是，我就试着在家里做了做，果然好吃。鲑鱼的油脂和咸味恰到好处地渗进米饭中，鲑鱼肉反而像新鲜的一样柔软，口感好得没话说。和东京的攥寿司是完全不同的味道，很符合我们的口味，今年夏天就是吃这个度过的。咸鲑鱼还可以这样吃，我很佩服物质匮乏的山里人的发明。了解了各种各样的乡土料理后，发现如今山里人的味觉要比城里人可靠得多，某种意义上，一些美味远远超出我们的想象。因此，老人们一个接一个地放弃城市隐居乡间。不过，乡间小镇也都装上了铃兰灯，一年比一年更像京都，也不能放心前往。现在也有这样的说法，文明再向前发展的话，交通工具就会转向空中或者地下，地面道路就会恢复从前的安静。但是我十分清楚，反正到了那时候，又会出现新的让老人感觉不便的设备。结果，就是让老人们都待在家里别出门，于是只好蜷缩在家里，做点下酒菜，喝喝酒，听听收音机，无处可去。本以为只有老人会发这样的牢骚，看来也并非如此。最近，《大阪朝日新闻》"天声人语"栏目的作者就在嘲笑大阪府官员。说他们为了在箕面公园建观光车道，滥伐森林，毁坏山丘。我读了之后，觉得稍稍增强了信心。连深山老林的树荫都要掠夺，说得严重些，简直就是冷酷无情。这样下去，奈良也好、京都和大阪的郊外也罢，所有称得上名胜的地方都将一天天变得大众化，最终变成光秃秃一片吧。不过，这也是一种牢骚话。我也深知，如今的时代潮流十分难得，事到如今，怎么说呢？既然日本已经沿着西方文化的道路迈出了脚步，也就只好抛弃老人们勇往直前了。但是，我们必须明白，只要我们的肤色不变，我们就必须背负所蒙受的损失。本来，我写此文的意趣就是想，是不是某些方面，比如说文学艺术方面还有弥补这些损失的途径呢？我想将我们既已失去的阴翳的世界，至少从文学领域呼唤回来。我想将文学殿堂的屋檐加深，将墙壁变暗，将过于显眼的东西塞进黑暗，剥去无用的室内装饰。当然，不必家家如此，只有一家也行。究竟会怎样呢？先关掉电灯试试看吧。

说懒惰

所谓"懒惰",简单说就是"懈怠"。通常"懒惰"的"懒"字也用"嬾"字替代,经常会看到"嬾惰"的写法。其实那是错误的,仍然是"懒惰"正确。查阅简野道明[①]先生的《字源》得知,"嬾"常用于"憎嬾"等,是"憎恶"或"讨厌"之意。而"懒"是"无精打采""懈怠""怠慢""疲惫"之意。作为用例,他举了柳贯的诗句。

借得小窗容吾懒,五更高枕听春雷。

---

① 简野道明(1865—1938),汉学家,号虚舟。生于日本爱媛县,东京女子高等师范教授。著有汉和词典《字源》等。——译注

接着再从《字源》间接引用的话，有许月卿诗云"半生懒意琴三叠"，杜甫诗云"懒性从来水竹居"。

从以上例子可知，懒惰就是"懈怠"，但也不能忽视其中含有"无精打采""嫌麻烦"的心情。并且更应该注意的是，"借得小窗容吾懒"、"半生懒意琴三叠"、"懒性从来水竹居"云云，诗人都深知无精打采的生活中自会别有洞天，于是安于此，留恋享受于此，甚至有时存在炫耀和装腔作势的倾向。

这种情绪不仅中国有，日本亦古已有之。若是从一代代的和歌诗人、俳句诗人中找例子，一定不计其数。尤其是室町时代的通俗短篇小说中，竟然有一篇名为《懒太郎》。

……虽然名字叫作懒太郎，造房子却比别人在行。四面围地，三方立门，东西南北挖池，筑小岛植松杉……用锦缎做天花板，用黄金白银打造的五金零件安装横梁、横木、椽子，挂起璎珞珠帘。就连马厩、侍从的房间也处处用心。他在心中如此梦想着，但是事与愿违。只好竖起四根竹子，在上面搭上草席，睡在里面……虽说这房子不美观，但是手脚的皲裂、跳蚤、虱子、肘垢，一样都不缺。没有本钱就不能做买卖，不种东西就没吃的。一连四五天他都不起来，每天躺在那儿。

此种笔调写成的故事，纯粹是日本人的构思，一定不会被认为是中国小说的改编①。恐怕当时落魄的公卿们，没准就是作者自己，就过着懒太郎般的生活，为了消愁解闷才写了这个故事吧。并且，大概正因如此，作者不但没有排斥这个让人头疼的懒汉主人公，反而将他的懒惰、不干净、厚脸皮，赋予了一种值得体谅的可爱。他被邻居们排斥，被看成是当地的麻烦。说他是个乞丐吧，却有着不畏地头蛇的骨气。说他愚笨吧，连天皇都耳闻他的和歌才华。最终他被供奉为叫作"御多贺大明神"的神仙。

很久以前的嘉永年间，佩里②船队抵达浦贺时，他们

---

① 写完此文，读了柳田国男先生关于民间故事的研究。得知此类故事并不限于日本，从世界范围可以分为几个体系。不过，尽管穷人出人头地的故事情节类似，但是像懒太郎这种将懒惰作为卖点的，是否还存在呢？本人才疏学浅，实在无法确定，暂且作为疑问保留。——原注

② Matthew Calbraith Perry（1794—1858），美国东印度舰队司令。1853年开进浦贺港强迫日本开国。翌年再次到江户湾，缔结《日美亲善条约》。著有《日本远征记》。——译注

最佩服日本人的是爱清洁。街道和家家户户都打扫得非常干净，这一点不同于其他亚洲民族。因此，应该说我们日本人是东方人中最生机勃勃、最不懒惰的民族。尽管如此，我们还是有《懒太郎》这样的思想和文学。"懒惰"绝非褒扬之词，无论是谁被称为"懒汉"都不会觉得光荣。但是，另一方面却又嘲笑一年到头辛勤工作的人，有时将其视为俗物，这种想法即使在今天也并非绝对没有。

写到这里想起一件事，近几天，《大阪每日新闻》连载了题为《美国记者团眼中的日本与中国》的报道。最近，美国新闻记者联合会成员到东方视察旅行，回到美国后在各自就职的报纸上发表了真实想法。大阪每日新闻社的高石真五郎介绍了其中一些看起来有意思的部分。目前看到的内容主要都是说中国的坏话，还没有轮到日本。看样子，比起中国来，他们似乎对日本更有好感。刚到中国，他们就对火车的不干净大吃一惊，极为不快。要知道他们乘坐的火车绝不是普通客车，而是张学良让人特意为他们准备的京奉线中最好的列车。尽管如此，他们仍然觉得荒谬至极，因为不能好好洗脸，也不能刮胡子。这与中国内部各种纷争不绝、财政困难等很多因素相关,但目前满洲是中国最有秩序的富裕之地,而且近年来,内乱已经终止,眼下似乎没有足以辩解的借口。我在乘坐京汉线头等车厢时,也有过和他们相同的经历。从北平到汉口大约四十个小时,卧铺车厢漏雨倒也罢了,说句不中听的话,最受不了的是厕所打扫得不彻底。迫于紧急需要跑过去,但好几次到了门口又折返回来。

想来,这种不干净和不整齐,无论哪个时代,都是中国人免不了的通病。不论引进多么先进的科技设备,一旦由他们经营管理,马上就带有中国人特有的"懒散",以致宝贵的现代尖端利器变成东方式的笨重之物。在将清洁和整齐作为文化第一要素的美国人眼中,这是不可原谅的懒惰和无耻行为。中国人自己虽然也觉得有些不便,但只要能用就凑合用,这种传统习性是很难改变的。有时候,他们反而觉得西方人清规戒律太多,非常神经质,让人讨厌。那位每每提及欧美礼仪规矩就反感,只认可包括一夫多妻

制在内的本国风俗习惯的晚年辜鸿铭翁①,大概对这种情

---

① 辜鸿铭翁,据中国的青年作家说,晚年性情古怪,不知真假。翁与中国新进作家田汉君曾在东京山水楼见面一事,佐藤春夫在某篇小说中写得颇为有趣。看来翁应该知道我的名字,曾托阿部德藏君寄赠其自著《读易草堂文集》给我。此书为"民国"十三年东方学会出版,为内篇二十八页、外篇十五页的大型汉籍。有罗振玉序文。内篇卷首的《上德宗景皇帝条陈时事书》一节曰:
"职幼年游学西洋,历英、德、法三国,十有一年,习其语言文字,因得观其经邦治国之大略。窃谓西洋列邦本以封建立国,逮至百年以来,风气始开,封建渐废,列邦无所统属,互相争强,民俗奢靡,纲纪紊乱,犹似我中国春秋战国之时势也。故凡经邦治国尚无定制,即其设官规模亦犹简陋不备。如德、法近年始立刑、礼二部,而英至今犹未置也。……如商人议院,则政归富人;民立报馆,则处士横议;官设警察,则以匪待;民讼请律师,则吏弄刀笔。诸如此类,皆其一时习俗之流弊,而实非治体之正大也。每见彼都之有学识之士谈及立法之流弊,无不以为殷忧。唯独怪今日我中国士大夫不知西洋乱政所由来,徒慕其奢靡,遂致朝野皆倡言行西法,兴新政,一国若狂。"
又,其《广学解》曰:"西人之谓考物,即吾儒之谓格物也。夫言之于天,则曰物;言之于人,则曰事。物也者,阴阳五行是也;事也者,天下家国是也。然吾儒格物必言天下国家,而不言阴阳五行者,其亦有深意存焉。《易传》言圣人制器以前民利用,此则谓教之以相生相养之道也。然吾圣人有忧天下之深,故其于阴阳五行之学,言之略而不详,其于制器利民之术,亦言其然而不言其所以然。盖恐后世之人,有窃其术,以为不义,而不善学其学,以为天下乱者矣。故《传》曰:'作易者,其有忧患乎!'今西人考物制器,皆本乎其智术之学,其智术之学皆出乎其礼教之不正。呜呼!其不正之为祸,岂有极哉!"
又,《上湖广总督张(之洞)书》曰:"昔人有言:'乱国若盛,治国若虚。'虚者,非无人也,各守其职也。"
由以上文字足见,少壮时代留学欧洲十一年的辜鸿铭翁,晚年是如何成为讨厌西方的古怪之人的。——原注
以上内容是谷崎润一郎在其随笔《懒惰之说》后的尾注。原著中所引辜鸿铭的文章为日文。作为译者,必须查此处引用的《读易草堂文集》原文以及标点版本,并录于此。因此本人查阅并引用了台湾商务印书馆于1956年6月出版的《读易草堂文集》原文(无标点)和岳麓书社1985年10月出版的冯天瑜标点版《辜鸿铭文集》。——译注

况也曾发表过很多看法吧。那么,印度的泰戈尔翁和甘地先生会怎么说呢?似乎他们国家在懒散这方面并不逊于中国。

另外,还有一句题外话。美国记者攻击中国不守信用,向外国借钱不归还本金和利息。对此,他们说:"南京政府在效仿莫斯科。"不单单是金钱方面,不讲卫生,不也是这两个国家国民十分相似的地方吗?虽然不知道这方面谁是本家,但据我所知,在白种人当中,俄罗斯人最脏。大凡有很多俄罗斯人住的宾馆,那里的厕所,大都和中国火车上的厕所呈现差不多的情形。这一点可以证明,俄罗斯人在西方人中最接近东方人。

总之,这种"懒散""倦怠"是东方人的特色,我姑且称之为"东方式的懒惰"。

这种风气的形成或许受到了佛教、老庄的无为思想、"懒人哲学"的影响。但实际上与这些"思想"无关,此种风气遍及更浅近的日常生活方方面面,根深蒂固,起源于我们的气候、风土、体质等。相反,佛教和老庄哲学反而是这些环境的产物。这种想法更接近自然。

单单是懒人的"哲学"和"思想",西方也不是没有。古希腊就曾有第欧根尼①这样的懒人,但他的行为也是从哲学观点出发的学者的态度。不像日本和中国的无数懒汉人种那样,莫名其妙吊儿郎当地混日子。那个时代的克己主义哲学,虽然消极,但是征服物欲的信念很强,大都很努力,很坚强,与"解脱""真如""涅槃""大彻大悟"等境界相距甚远。并且,虽然他们当中也不是没有神仙或者隐士,但大多属于力求发现"哲学家之石"的炼丹师之类,可以想象他们就像中国的葛洪仙人,比起"无为"和"懒汉",更与"神秘"观念紧密相连。

近代提倡"回归自然"的让·雅克·卢梭的思想,据说和老庄思想有几分相似。但实际上,我在这方面才真是一个懒汉,连《爱弥儿》都没有读过,所以不敢妄言。但不管这种思想和哲学如何,在实际的日常生活中,西方人绝不"懒惰",也不"懈怠"。他们的体质、表情、肤色、

---

① D. ho Sinopeus(约前404—约前323),古希腊犬儒学派思想家。认为文明是反自然的,以自足、无耻为座右铭。传说他曾有住在木桶内等奇特行为和逸闻。——译注

服装、生活方式等都是如此,即使偶尔因为一些情况,不得不有些不干净、不整齐,但恐怕他们做梦都无法理解东方人在懒惰中开辟另一个世界的心境。他们的富人、穷人、寻欢作乐者、勤奋工作者、老人、青年、学者、政治家、实业家、艺术家、工人,所有人在努力进取、积极向上、竭尽全力方面没有任何差别。

"东方人所谓的精神或道德,究竟意味着什么?他们将抛开俗世隐遁深山、耽于独自冥想的人称为圣人或高洁之士。但是,在西方,那样的人不会被看成圣人或高洁之士,只不过是一种利己主义者。我们把那种勇敢走上街头,给病人送药,为穷人施物,为促进社会普遍的幸福而舍身工作的人,称为真正的道德家,将这样的工作称为精神上的事业。"——我曾经读过约翰·杜威①写的书,大意如上。如果这是西方普遍的思维标准,即常识的话,那么"懒惰"、"什么都不做",在他们眼中就是不道德之中的不道德

---

① John Dewey(1859—1952),美国哲学家。20 世纪前半期著名的民主主义者和平民主义者。——译注

了。即使是我们东方人，也并非认定"偷懒"比"工作"更具有精神上的意义，因此，我无意正面反驳这位美国哲学家的说法，而且他这种正颜厉色的样子，我也很难应付。但是，欧美人所说的"为社会舍身工作"，到底指的是什么呢？

例如基督教运动中有"救世军"。对于这项事业以及相关人员我只抱有敬意，绝对没有隐藏着反感和恶意。但是，不管动机如何，他们那种站在街头，用激昂、快速、急躁的语调说教，援助主动放弃风俗工作的人，挨家挨户给贫民窟赠送慰问品，抓住行人的衣袖散发传单，劝其向慈善锅捐赠的行为，实在小气琐碎。不幸的是，这极不合东方人的性情。这是超越道理的气质问题，是东方人能互相理解的心理。如果非要让我们看这种运动，只会有被人催促的忙乱情绪，丝毫不会产生平和的同情心或信仰心。人们经常攻击佛教徒的布道和救济方法，说它和基督教相比，显得太保守。其实，最终看来，佛教才更符合我们的国民性。镰仓时代的日莲宗和莲如时代的真宗，不管曾经如何积极主动，归根结底只存在于七字题目和六字名号①中，和现世的细枝末节没有任何关联。他们的想法，似乎正如禅宗道元所云："乃人生为佛教，而非佛教为人生。"我认为，这与基督教相差千里。

诸葛孔明为玄德三顾茅庐所震惊，没办法只能出山，这是《三国志》中大家耳熟能详的故事。我们觉得，如果孔明不用玄德生拉硬拽，再早一点出山也不错。另一方面，即使玄德再三恳请，他依然逃匿不出，以闲云野鹤为友终其一生，这种心情也可以体谅。中国自古有"明哲保身之道"一说，躲避战乱，保全自身，这也是一种处世之道。战国时期，苏秦衣锦还乡，傲慢地说："且使我有洛阳负郭田二顷，吾岂能佩六国相印乎？"②出人头地，佩六国相印固然好，耕种靠近城郭的二顷田，一辈子在乡间生活也不错。只是，口出狂言、得意扬扬的苏秦，就像现在的国会议员一样，比起孔明来，品格甚为低下。实际上，在东方，

---

① 日莲宗唱念的"南无妙法莲华经"七字题目和真宗唱念的"南无阿弥陀佛"六字名号。——译注
② 出自《史记苏秦列传》。——原注

比起苏秦这类人，孔明这种类型的人，不只在品格上，在本质上也很优秀。这样的例子很多。

最近，我看了各种电影杂志上刊登的好莱坞影星照片，屡屡感觉奇怪。在他们脸部大特写的肖像画上，每个人都露齿而笑，无一例外。而且，不管哪个演员，牙齿都像珍珠一样洁白整齐，也无一例外。但是，仔细审视他们的表情，只觉得那笑容根本就不是在笑，不是出于可笑或者什么，而只是勉强地张着嘴，像是在显摆整齐的牙齿，和日本女孩骂街时，经常会"咦"地一声露出牙齿一样。这种感觉，女演员倒不是很极端，男演员就特别明显。有这种感觉的人，大概不止我一个吧。读者诸君如有疑问，请速翻开《Classic》一阅便知。你只要这么一想，任何一个演员肖像的"笑脸"，瞬间就会变成"露齿脸"，甚为奇妙。

越是文化进步的人种，就越重视牙齿的护理。据说，可以根据牙齿排列的美观程度来推测种族的文明程度。若果真如此，那么牙科医学最先进的美国，才是全世界最文明的国家，那些故意做出可怕笑脸的演员们，可能就是在夸耀"我就是这样的文明人"。而像我这样的，先天乱桩牙，排列不齐，又不打算治疗的人，正如已故的大山元帅①的麻子脸一样，很容易被看成野蛮人的标本，这也是没有办法的。不过，最近在日本稍微时髦点的城市，不管哪里，只要是从美国学成归来的牙科医生的诊所，都生意兴隆。其中有人冒着可能会引起脑贫血的危险，大胆地拔掉或切开经久耐用的天然牙齿，对其进行人工化修饰。可能因为这个原因，近来城里人的牙齿越来越美观，过去那种乱桩牙、虎牙、黑虫牙都明显减少。不论男女，讲究礼仪和容貌的人，哪怕一支牙膏也要买"Korinos"或"Pepsodent"等美国进口货，讲究的人每天刷两次牙，早晚各一次。因此，日本人的牙，一天天变得雪白似珍珠，逐渐接近美国人，成为文明人。既然目的是给人快感，也并非坏事。不过，本来日本人觉得虎牙、虫牙等不整齐的牙齿，反而显得自然可爱。过于洁白、排列整齐美丽的牙齿，总让人觉得刻薄、狡黠甚至残忍。因此，东京、京都、大阪等大都

---

① 大山巖（1842—1916），陆军大将、元帅，政治家。西乡隆盛的堂弟。日俄战争中任满洲军总司令。——译注

市的美女（不，男人也一样），大都牙齿不好，也不整齐。尤其京都女子的牙齿脏，几乎是定论。据我所知，九州一带偏僻地方的人，牙齿排列美观的反而很多（我不是说九州人薄情，所以请不要生气）。另外，有些老人的牙齿，被烟油熏得又黄又脏，颜色如打磨过的象牙，在花白稀疏的胡须间若隐若现，与老人的气质、肤色十分协调，给人一种悠闲自得、不紧不慢的感觉。其中也有一两颗掉落的，就随它去，一点也不觉得难看。如今，这种黄牙齿的老人，只有到日本的乡下才会看到，中国和朝鲜则到处都有。老人牙齿洁白整齐，至少和东方人的容貌不协调。装假牙也应该尽量接近自然，一大把年纪，还非要年轻漂亮，就是"四十岁后的浓妆"，极令人生厌。

据上山草人①说，美国的礼仪规矩实在烦琐。男子不可在女子面前露出部分身体，自不必说，就连擤鼻涕、吸鼻涕、咳嗽也不行。所以，感冒时哪儿也不能去，只能整

---

① 上山草人（1884—1954），本名三田贞，号半月。著名新剧演员，最早活跃于好莱坞的日本演员之一。——译注

天闷在家里。如此这般,现在的美国人,从鼻孔到屁眼儿都收拾得极为干净,甚至舔舔都可以。他们可能会说,如果拉下的粪便不能散发出麝香般的香气,就不是真正的文明人吧。

与此类似的话,我曾听已故的芥川君说过。成濑正一先生在德国时,到某一人家做客,他将芥川君的小说《大石内藏助的一天》当场边翻译边读给主人听。当读到"内藏助起身去厕所"这一句时,突然就停住了,最终也没把"厕所"这个词翻译出来。

保罗·莫朗①的小说中经常出现"厕所"一词,所以,近来,法国以及周边国家大概不至于像美国德国那样考究。不过,欧美人总是过分在意这些事情,似乎认为这才是文明人的标志。

读过托尔斯泰《克莱采奏鸣曲》的人大概都知道,小说主人公极力谴责欧洲所谓文明人的生活方式。说他们的

---

① Paul Morand(1888—1976),法国著名作家,法兰西学院院士,外交官。著有短篇小说集《温柔的储存》、人物传记《香奈儿的态度》等。——译注

日常食物和女士的服装，极具刺激性、主动性，怎么看都只是出于挑逗情欲的目的。另一方面，又满口繁文缛节，十分虚伪。我现在手头没有这本书，记不清了，大概就是这个意思。我读的时候就想，托尔斯泰不愧是俄罗斯人啊。

实际上，绅士们在晚会宴席上，穿着手铐脚镣般的礼服，面对着极富诱惑的女士服装，不能嗳气，不能打嗝，喝汤不能出声。一上餐桌就要受这些礼法的束缚，无论是怎样的山珍美味，也会变得寡然无味吧。关于这个，中国人的宴会就是以"吃"、"喝"为目的，只要不过分，失礼也能被原谅。不管怎么吵闹，不管地面、餐桌弄得多脏也没关系。夏天到南方去的话，主人自己先脱掉上衣，腰部以上全部赤裸。日本在这一点上和中国没有太大差别。

有人说，西式宾馆的餐厅是家庭式的、豪华的，比旧式旅馆的个人主义更好。不过，那里看起来就是绅士淑女显摆服装、满足虚荣心的场所，吃饭倒是次要的。披件浴衣，靠着扶手椅，伸着两腿，这样吃饭，胃肯定更舒服。

总之，西方人的"文明设施""清洁""整齐"，不就像美国人的牙齿一样吗？因此，一看到洁白无垢、排列整齐的牙齿，我总会想起西式厕所的瓷砖地面。

现在我们所苦恼的双重生活之矛盾，并非在衣食住等生活方式的细枝末节上，而是来源于眼睛看不见的深层原因。也就是说，我们无论多么努力，想住在没有榻榻米的房间，从早到晚穿洋装，吃西餐，还是很难坚持下去。最终还是会把火盆带进西式房间，坐在地毯上。这是因为，我们东方人天生的"散漫"和"慵懒"，已经在心里扎了根。首先，我们对极有规律的吃饭时间感到痛苦。白天在办公室上班的人，在工作时间，不得不有规律，但一到家，马上就变得不规律了。并且如果不这样，就不能安心地休息，也没心情一边喝酒一边吃东西。所以，很多在工作单位吃午饭的日本人，就像吃盒饭一样，只急急忙忙地扒拉几口简单的饭菜。但是，住在神户和横滨的西方人就不这样。离家近的人，尽管工作很忙，也一定准时回家，在餐厅悠闲地吃饭、饮酒，然后按时回到办公室。我真想说，这么慌里慌张地有什么意思，但他们已经习惯了这种充满规律的生活。而且，从西餐的制作方法看，如果你不严格按照几点几分进入餐厅，厨师会很为难。因此，日本人被厨师再三询问"您几点用餐"时,经常会生气。但是,你若不按时来,不管饭菜多么难吃,厨师决不承担责任。

闻一知十。从餐具看,筷子和碗的话,简单洗一下即可。但是,西餐的原材料油脂多,餐具又大都是银器、瓷器和玻璃器皿,必须一直要小心翼翼地擦得锃亮。虽然我们要忍受诸多烦恼的束缚,但还是很难下决心打破这种双重生活。

英国人,哪怕是老年人,也从一大早就吃味道浓厚的煎牛排,然后大量运动,养精蓄锐,增强体力。这无疑也是一种养生法。但是在懒人眼里,吃了大量的刺激性食物,又必须要运动才能消化,运动也就成了一种苦差事。有这种时间,还不如用来安静地读书,或许更加有益。更何况,托尔斯泰曾经说过,刺激性食物更加煽动性欲,激发烦恼,浪费精力。因此,少吃少动和多吃多动到底哪个更好?这很难说清楚。

很久以前①，虽然这么说，也就是我们祖母那个时代以前吧。恪守礼仪的家庭的女子，几乎一年到头待在看不见阳光的阴暗房间里，极少出来。京都大阪一带的旧式家庭，据说五天才洗一次澡。而且，若是成了被称作"隐士"身份的人，一屁股坐在蒲团上就是一天，一动不动。如今想来，非常不可思议，他们那样究竟是怎么活下来的呢？他们只吃一点点东西，极清淡，像鸟食一样。粥、梅子干、梅子酱、鱼松、煮豆、佃煮②，到现在我还能想起祖母饭桌上曾有的这些食物。她们有与她们身份相符合的、消极的养生法，大都比多活动的男子更长寿。

虽然说"贪睡有害"，但睡得多的同时，也会减少吃东西的量和种类，这样也就减少了患传染病的危险。也有人认为，与其为了讲究什么卡路里、维生素而浪费时间和精

---

① 想来，按摩这东西大概是东方人独有的保健方法吧。自己躺卧，请别人按揉身体，以达到运动效果，再也没有比这更偷懒的了。过去的人们，按摩也好，针灸也罢，似乎都只是一动不动地待在室内，促进血液循环而已。——原注

② 佃煮，因最初在江户佃岛制作而得名。以酱油、料酒、糖将鱼虾贝类、海藻等煮成的味道浓厚的食品，存放期较长。——译注

力，还不如什么都不做，就只是躺着更明智。所以，请不要忘记，正如有"懒人哲学"一样，这世间还有"懒人养生法"。

如今，在大阪算得上一流的老检校①说，过去，唱地歌②时，声音太大，吐字清晰，反而被斥为低俗。这么一说，确实如此，古筝和三弦弹得好的检校中，声音响亮而且优美的，在关西一带相当少。当然，虽然如此，也并非重视乐器而轻视演唱。静心倾听，声音虽小，抑扬顿挫却细致入微，余韵和情绪十分到位。不过，他们也并不是像今天的歌唱家那样，是为了保护嗓子、保存音量而努力地节酒戒色。就是说，他们始终以情绪为本，若是想着那些刻板的规矩，演唱也不会愉快吧。到了老年，音量减弱、声音沙哑是自然规律，因此，他们也并不想违反它，只想唱到自己尽兴即可。实际上，对于他们本人而言，若非酒

---

① 老检校，1871年（明治4年）以后，一部分地方歌谣、筝曲演奏者团体所发行的职业资格执照。——译注
② 地歌，日本近世邦乐的一种，使用三弦弹唱。江户初期以后，以京都大阪为中心流行的家庭音乐。——译注

醉微醺，不经意间拿起三弦弹唱几句，则毫无意趣可言。因此，哪怕是用别人听不到的、轻微的鼻音哼唱，他们自己也能尽品技巧之妙，进入三昧①之境。说得极端点，就是不出声，仅凭空想吟唱，也已足够。

着眼于娱人胜于娱己的西洋声乐，在这点上多少显得死板、费力和做作。听起来声音洪亮，令人羡慕。但那颤动的嘴唇，就像发声的机器，总感觉不自然。因此，可以说，演唱者本人所体会到的三昧之境，不会传达给听众。不仅音乐，所有的艺术均有此倾向。

切勿误解，我绝不是劝大家成为懒人。但是，当今世界有很多人，自诩活力家、实干家，还向别人强行推销自己。因此，我认为，偶尔想起懒惰的美德——有内涵，也不会有什么害处吧。老实说，我本人，实际上也并非懒人，起码在我们伙伴之中，还属于勤奋的呢，诸位朋友可以做证。

(昭和五年四月十日记)

---

① 三昧，佛教用语。正定。禅定。佛教重要修行方法之一，谓精神集中、身心安定的状态。——译注

恋爱与色情

早些年去世的英国滑稽作家中，有位名叫杰罗姆·K·杰罗姆[①]。在他的《小说笔记》一书中写道：总而言之，小说就是无聊的东西。自古问世的小说多如海滨的细沙，有几千几百几十万册，但是，无论读哪一本，情节都是一个套路。归根结底都是："某地有一个男人，还有一个爱着他的女人。"——"Once upon a time, there lived a man and a woman who loved him"——他说，总之，不是只有这个吗？

[①] Jerome Klapka Jerome（1859—1927），英国幽默小说家，剧作家。代表作有《三人同舟》等。——译注

后来，我还听佐藤春夫说过，拉夫卡迪奥·赫恩[①]在他的讲义笔记中，曾经这样陈述："因小说自古以来只写男女恋爱关系，自然而然地，一般人就会形成思维定式，认为不是恋爱就不能成为文学题材。但是，并不应该如此。并非恋爱，非关人事，也充分可以成为小说的题材，文学的领域本来就是更加广阔的。"

如上所述，不论是杰罗姆的讽刺，还是赫恩的见解，在西方，"没有恋爱的文学"或"小说"被认为是很不可思议的，这似乎是事实。当然，很早以前就有政治小说、社会小说、侦探小说等，但是，大多被视为脱离纯文学范畴的"功利的"或"低级"的东西。

现在，情况稍有改变，出现了这样一种趋势：以功利意义写就的作品，也不被视为"低级"了。但是，有些作品虽然以阶级斗争、社会改革为题材，却总要以某种方式

---

① Lafcadio Hearn（1850—1904），小泉八云的本名。作家，文学研究家。出生于希腊的英国人。1890年赴日，与岛根县松江人小泉节子结婚，后入日本籍。曾在东京大学等任教，潜心研究日本，并向海外介绍。著有评论《来自东方之国》《心》《神国日本》，小说《怪谈》等。——译注

触及恋爱问题。可以说，绝对没有不涉及恋爱的。据我观察，很多作品反而是抓住了这样的主题：在以恋爱为契机产生的各种纠葛中，主人公到底是以恋爱为重，还是以阶级任务为重？

侦探小说也常常把恋爱作为犯罪的原因。因此，如果将范围从"恋爱"拓展到"人事"，那么，西方自古以来所有的小说、所有的文学素材就都属于人事。虽说也不是没有如《雄猫穆尔的生活观》[①]《黑骏马》[②]和《荒野的呼唤》[③]等少量以动物为主人公的小说，但大都是寓言作品，也没有离开广义的"人事"范畴。此外，也有以自然美为对象的特例，尤其在诗歌中屡见不鲜，但仔细品味，还是觉得在某些方面仍然与人事脱不了干系。

写到此，我忽然想起，漱石先生的著作中有一篇题为

[①] *Lebensansichten des Katers Murr*。德国作家霍夫曼（Ernst Theodor Amadeus Hoffmann，1776—1822）于1820年创作的讽刺小说。——译注

[②] *Black Beauty*。出版于1877年。英国女作家安娜·塞维尔（Anna Sewell，1820—1878）的童话。——译注

[③] *The Call of the Wild*。美国作家杰克·伦敦（Jack London，1876—1916）于1903年创作的中篇小说。——译注

《英国诗人之天地山川观》的论文。赶紧在书架中查找，不巧没有找到，因此，非常遗憾无法在此引用先生的观点。反正在西方艺术中，若不是"恋爱"，至少是"人事"，占据着大部分领域，从他们的文学史、美术史即可窥见一斑。

从古至今，日本茶道中悬挂在茶席上的挂轴，其上书法或者绘画均可。但是，以"恋爱"为主题的书画是被禁止的，因为"恋爱违反茶道精神"。

这种鄙视恋爱的风气，不仅限于日本茶道，在东方绝不罕见。我国自古以来也有不少小说和戏曲，其中也不乏描写恋爱的。但是，这些作品在文学史上受到重视，却是在西式思考方法进入日本以后。在尚无"文学史"的时代，恋爱文学大都被视为文学的末流、女人的消遣、才子雅士的业余爱好，作者避讳，读者也避讳。实际上，他们当中有杰出的剧作家和小说家，并且他们的作品也曾经风靡一时。即便如此，显而易见的是，这些作品仍被视为下品，写作，也被认为是不值得男人为它堵上一辈子的。中国自古以"济世经国"为文章之本，占据中国文学宝座的、主流的汉文学，主要是经书、史书，或是以"修身治国平天下"为目的的著述。我少年时代用作汉文学教科书的读物，不管是"四书五经"、《史记》，还是《文章轨范》，大都与恋爱绝缘。过去，这些作品才被视为真正的、正统的文学。到了明治时代，坪内逍遥的《小说神髓》出版，莎翁和近松、莫泊桑和西鹤的比较研究开始出现，戏曲和小说逐渐被看成文学的主流。但实际上，这种观点并不是我们真正的传统。小说和戏曲是"创作"，史学、政治学和哲学不是"创作"，因此，不是创作就不是文学。这种观点，也可以说是非常刻板的。假如以我们的传统来看西方文学的话，可能只有像培根①、麦考莱②、吉本③、卡莱尔④这样的人才算正统的，莎翁的东西就应该悄悄地藏起来吧。

西方人认为，诗歌比散文更加纯文学化。但是，即使是

---

① 弗朗西斯·培根（Francis Bacon，1561—1626）。英国哲学家、政治家。——译注
② Thomas Babington Macaulay（1800—1859）。英国历史学家，政治家。——译注
③ 爱德华·吉本（Edward Gibbon，1737—1794）。英国历史学家。——译注
④ 托马斯·卡莱尔（Thomas Carlyle，1795—1881）。英国评论家、历史学家。——译注

诗歌，在东方诗歌中，恋爱的成分也相对较少，这一点从最具代表性的两大诗人——李白、杜甫的诗就能知晓。杜甫的诗，虽然偶尔咏叹离别之苦，寄托流谪之悲，但对象大多是"友人"，很少提及"妻儿"，更从来没有"恋人"。至于被称为"月光美酒诗人"的李白，恐怕他对于月光和酒杯的十分热情中，一分也没有想到"恋爱"吧。森槐南①曾经在《唐诗选评释》中以《峨眉山月歌》为例赏析：

峨眉山月半轮秋，影入平羌江水流。
夜发清溪向三峡，思君不见下渝州。

他说，"思君不见"，虽然表面上似乎指月亮，但从"峨眉山月"一词推测，总觉得背后有个恋人存在。槐南翁此解确为卓见，但从李白的这种写法看，虽然有时吟咏恋爱，也是寄情于明月，极为朦胧地暗示一下而已。因此，这就

---

① 森槐南（1863—1911），日本汉诗诗人。生于名古屋，本名公泰。明治时期汉诗诗坛第一人。著有《唐诗选评释》和汉诗集《槐南集》等。——译注

是东方诗人的趣味。

所以,"不是恋爱也可以成为小说或者文学",拉夫卡迪奥·赫恩的这种见解,作为西方人也许少见,但是对于我们东方人而言,并没什么不可思议。实际上,"恋爱也可以成为高级文学"的观点,正是西方人教给我们的。

我们经常听到这样的说法:浮世绘的美,是被西方人发现并介绍给世界的。在西方人开始关注以前,我们日本人并不知道,这个值得骄傲的艺术所拥有的价值。不过,想想看,这既非我们的耻辱,也非西方人的卓见。当然,西方人认可了我们这种艺术,并且向全世界宣传,对于他们的此项功绩,我们感恩,并且深表感谢。不过,说老实话,这是因为,对于笃信"只有'恋爱'或'人事'才能成为艺术"的他们而言,浮世绘最容易看明白罢了。因此,他们无法理解,为何如此优秀的艺术,没有在日本同胞中得到相应的尊重。[1]

---

[1] 同是西方人,介绍奈良美术、发现芳崖和雅邦的费诺罗萨等人,另当别论。——原注

确实，在德川时代，浮世绘画师的社会地位，正好等同于通俗小说家和滑稽剧作家。大概当时有教养的士大夫，觉得浮世绘或通俗小说和春宫画或淫秽小说差不多吧。所以，他们不会将大雅堂、竹田、光琳、宗达等文人画家，与师宣、歌磨、春信、广重等浮世绘画师同样看待。在文学方面，也没有人将白石、徂徕、山阳等儒学家，与近松、西鹤、三马、春水等通俗作家混为一谈。正因为如此，《关八州系马》①的有些部分获得了后水尾院②的感佩，《曾根崎情死》中私奔部分的描写得到了徂徕的盛赞，这些逸闻才被口口相传，似乎成了极特别的、令人惊奇的事实。马琴在世时，自身也保持了比其他通俗小说家更高的矜持，世人也以一种尊敬的目光看待他。这是因为，他的作品主要以劝善惩恶为宗旨，倡导人伦五常之道。由此便知，一般的通俗小说家在当时的地位如何了。

---

① 与《曾根崎情死》均为江户初期、中期净琉璃、歌舞伎作家近松门左卫门创作的人形净琉璃作品。——译注

② 后水尾天皇（1596—1680），第108代天皇。"院"为天皇的谥号。——译注

如此，我们的传统，并非不认可恋爱的艺术。内心非常感动，暗暗享受着这种作品，这也是事实。只是，表面上要尽量装出一无所知的样子。这就是我们的谨慎，是谁也不用说的社会礼仪。因此，不妨可以说，追捧歌磨、丰国这样的浮世绘画师的西方人，打破了我们沉默的礼仪。

但是，也许有人会反问："那么，恋爱文学极为兴盛的平安朝如何呢？我们的文学史不也曾经有那样的时代吗？德川时代的通俗小说家可能受到了鄙视，但是，业平与和泉式部这样的和歌诗人呢？《源氏物语》等，很多恋爱小说的作者又如何呢？他们及其作品被怎样看待呢？"

关于《源氏物语》，自古说法众多。儒学家视其为淫荡之书，不时加以攻击。相反，国学家却视其如《圣经》一般神圣，说此书的内容充满了最富道德性的训诫，甚至出现了将作者紫式部说成是"贞德之榜样"的牵强附会者。不过，就算是牵强附会也罢。反正，表面上如果不否定此书是"淫荡之书"，并且，如果不硬称其为"道德性的""训诫"读物的话，那么《源氏》的文学地位就会消失。这种想法中仍然存在着一种"礼仪"，是我们东方人特有的

"保持体面的习性"。

那么,我想再回到最初的问题上,稍微考察一下平安朝的恋爱文学。

很久以前,有一位叫刑部卿敦兼的公卿,是世间罕见的丑陋男子。但是,他的妻子却非常美貌,一直哀叹自己有个寒碜丈夫。一天,妻子到宫中观赏五节舞,只见到场的公卿们都为当天盛装出席,高贵华丽,没有一个像她丈夫那样丑陋的。看着别的男人各个气度非凡,她便更加讨厌自己的丈夫。回到家后,妻子便背过脸去,一言不发。最后,竟然一直闷在里屋不露面了。她丈夫敦兼虽心中疑惑,但起初不知何故。一天,敦兼到宫中公干,晚上很晚才到家。客厅入口处灯也熄了,侍女也不知跑到哪里去了,脱了官服也没人来帮他叠好。于是,无可奈何,推开停车廊的侧门,一个人左思右想,闷闷不乐。夜色渐深,月光清寂,凉风袭人。他愈发痛恨妻子的薄情,郁郁寡欢,无法释怀。忽然,却静下心来,取出筚篥,作和歌一首,反复吟唱。

篱内生白菊，色褪惹人怜。

昔日结连理，今宵情意迁。

躲藏在里屋的妻子听到歌声，立刻心生爱怜，出来迎接敦兼。自那以后，夫妻感情非常深厚。

这个故事出自尽人皆知的《古今著闻录·好色卷》，可能是镰仓时代或者平安王朝末期的故事。不管怎样，因为当时京都的贵族生活，很大程度上仍然继承着平安朝的风俗习惯，将此看作典型的平安朝恋爱场景也未尝不可。

不过，我觉得不可思议的是，这种情形下的男女地位。正如《古今著闻集》的作者所言："琴瑟和鸣实可喜，娇妻柔情尤堪赞。"既没有责怪妻子的不忠，也没有嘲讽丈夫敦兼的软弱。可以说，这个故事作为夫妻佳话得以流传至今。看来，在平安朝的公卿中，这似乎是理所当然的常识。

明知对方是丑男，但还是与之结合的妻子，事到如今，却毫无缘由地疏远丈夫。丈夫对妻子爱恨交织，站在妻子房门外，吟唱和歌，倾诉哀愁。妻子深受感动，出来相迎，被称为"心地非常温柔"。这不是西方的爱情场面，而是发生在日本王朝时代①的事情。里面有一个情节,敦兼"取出筚篥",配合着歌声吹奏。难道那时的公卿,经常随身携带这种乐器吗?每当读到《著闻集》的这一节,我总会想起净琉璃《壶坂》②开幕时的场景。盲人泽市,独自一人,一边弹着三弦,一边唱着地歌《菊花露》。

  鸟鸣钟声上心头,一忆往事泪先流。
  我长漂泊君亦然,大江两岸难相求。
  欲渡无处觅舟楫,唯叹此生何须留。

  相思相逢复相去,庭中菊名犹堪慕。
  昼临小菊消永日,夜见花露添悲绪。
  自恨命薄如斯露,如今独对秋风肃。

---

  ① 以天皇为核心执掌政权的时代。一般指奈良时代和平安时代。有时也专指平安时代。——译注
  ② 《壶坂灵验记》。净琉璃剧目之一,世态剧,原作者不详。现在演出的是二代丰泽团平和妻子加古千贺改编、作曲的剧本。描写盲人泽市和妻子阿里的恩爱故事。——译注

剧中的沢市只唱了歌的前半部分，即主调部分。并且，和敦兼一样寄情于菊花，真是机缘巧合。但是，据说过去在大阪唱这首歌，夫妻就会分手，所以我不大喜欢。不过，不管怎么说，因为这出净琉璃是团平夫人所作，的确具有女性的温柔气息。只是，沢市本来就是个令人怜悯的残疾人，和敦兼的情况大相径庭。何况，阿里和敦兼之妻更是天壤之别。可以说，阿里这样的女性才真是"心地非常温柔"，她与沢市的故事才称得上"夫妻佳话"。想来，在那之后，武士政治和教育普遍推行，从武士时代看，敦兼之妻的不贤良自不必说，不难想象，他这样的丈夫，也一定会被视为男人中的败类，"丢了男人面子"，从而遭到大家排斥。这种情形下，如果是镰仓时代以后的武士，一定痛快地与妻子分手，即使不分手也会马上闯进去，好好地争执一番。女人也大多更喜欢这样的男人，像敦兼那样懦弱的话，只会加倍让人讨厌，这是我们普遍的心理。虽然，德川时代在恋爱文学的流行方面与平安朝相反，但是，试着思考一下近松等人的戏曲，还是很难想起敦兼那样懦弱男人的例子。即使鲜有类似，也多是采用滑稽的手法叙述，恐怕没有作为佳话流传下来的。人们说，元禄时代[①]，世态极为淫靡懦弱，不过实际上，当时的浪荡公子出奇地顽固不化、野蛮嚣张、冒失莽撞。《博多小女郎波枕》[②]的宗七，《杀女油地狱》[③]的与兵卫就不必说了，就连情死剧中的美男子也屡屡持刀伤人，根本没有王朝公卿那样的胆小鬼。到了化政期[④]以后的江户，就连女子也看重气魄，理所当然，"有男子汉气概的男人"最受女人青睐。说起江户戏剧中出场的美男子，大多是大口屋晓雨式的侠客，或是片冈直次郎式的不良少年。

我觉得，平安朝文学中出现的男女关系，与其他时代有几分不同。说敦兼那样的男人软弱也罢，换言之，这是一种女性崇拜思想。这种思想，不是把女人看得比自己低

---

① 元禄时代，日本以元禄年间（1688—1704）为中心的时代。农业生产和商品经济迅速发展，町人阶层兴起。——译注
② 木偶净琉璃，世态剧。近松门左卫门著。1718年首演。描写京都商人小町屋宗七与博多妓女小女郎的爱情悲剧。——译注
③ 剧种、作者同上。1721年首演。描写大阪油商的公子与兵卫生活放荡，债务缠身，向七左卫门的妻子阿吉借钱，遭到拒绝后将其残杀的故事。——译注
④ 化政文化，江户时代后期的文化文政时代（1804—1830）兴起的以江户为中心发展起来的町人文化。——译注

下，从而加以爱抚；而是看得比自己高贵，从而仰视跪拜。西方男子总是在自己恋人的身上，梦想圣母马利亚的形象，联想"永恒女性"的面容，而东方从来没有这样的思想。"依赖女性"被视为与"男子汉气概"相反，大凡"女性"这一概念，总是被放在与崇高、悠久、严肃、纯洁等字眼最无缘的对立位置。但是，在平安朝的贵族生活中，"女性"虽然不至于君临于"男性"之上，至少与男性同样自由，男性对于女性的态度也不像后世那样如暴君般，而是礼貌、温柔，有时甚至将女性视为世上最美好、最高贵的存在。例如，《竹取物语》中辉夜姬最后升天的构思，是后世之人完全想象不到的。首先，至少我们很难想象，戏剧和净琉璃中出场的女性，会穿着那样的服装升天。尽管小春和梅川①可爱动人，归根结底，也都只是哭倒在男人膝盖上的女子罢了。

这是由《古今著闻集》想到的。《今昔物语》本朝第二

---

① 小春、梅川分别是木偶净琉璃《殉情天网岛》和《冥途飞脚》中的女主人公。——译注

十九卷中，有一则故事叫《女盗贼秘话》，是日本极少见的女施虐狂的例子，因此，作为源于性欲而进行Flagellation①的记载，大概是东方最古老的稀有文献之一。

  白天，家里经常只有他们两个人，女人就对男人说："来，到这边来。"就带他到另外一个房间去。女人把男人的头发用绳子捆起来，把他的身体绑在柱子上，脱下他的衣服露出后背，绑住他的脚。女人戴上黑漆帽，穿上狩衣和裙裤，整理一下服装。然后，拿起鞭子，对着男人的后背重重地打八十下。女人问男人："怎么样？"男人回答："这点算什么。"女人说："果不其然。"随后，将灶下的土用开水调好，让男人喝，又拿来上等的好醋，喂给男人。将土打扫干净，让男人躺下。一个小时左右，女人叫醒男人。身体恢复后，给男人送上比平日更好的饭菜。之后，细心照料男人。过了三天左右，男人的伤口痊愈后，女人又

---

① 原文中使用的英文单词。鞭打，鞭笞。——译注

带男人到原来的地方,还是把他绑在柱子上。拿起鞭子抽打原来有鞭伤的地方,直打得伤口血肉横飞。打完八十下后,女人问:"受得了吗?"男人面不改色地回答:"没问题"。于是,女人比上次更加佩服男人,越发悉心照料。四五天后,女人还是照样鞭打男人,男人还是回答"没什么"。于是,翻转身子,打男人的肚子。男人还是说"不疼不痒"。女人更加钦佩不已。

故事就是这样。虽然后世的女贼和毒妇之中,也有不少残忍的女性,但是,像这样嗜虐成性的女人,尤其是以鞭打男人为乐的例子,哪怕就是在荒诞无稽的草双纸①中也不多见。

这些例子虽然有些极端,但我觉得,不管是前面说的敦兼,还是这个女贼②,平安朝的女人,动不动就站在比男

---

① 江户中期到明治初期创作并流行的以插图为主的假名通俗读物。——译注
② 除此之外,《今昔物语》中还有很多对女贼的记载。已故芥川龙之介的小说《偷盗》,也是从《今昔物语》中得到启发而创作,作品的主人公也是王朝时代的女贼。——原注

人优越的位置,而男人对女人总是温柔相待。通过《枕草子》就能了解,清少纳言在宫中经常让男人认输。阅读那时的日记、物语、赠答诗等就会发现,女人大多受到男人尊敬,甚至有时男人会哀求女人,而绝不会像后世那样被男人任意蹂躏。

《源氏物语》的主人公拥有很多妻妾,因此,从形式上说,他们把女性当成玩物。但是,制度上的"女人是男人的私有财产"和男人心理上的"尊敬女性",并不一定矛盾。即使是私有财产,也是有贵重物品的。自家佛坛上的佛像,毫无疑问是私有物品,但是,人们还是要在佛像前跪拜、合掌,唯恐疏忽了诵经而受到惩罚。在此,我想说的问题是,不是从经济组织、社会组织层面看到的女性地位,而是男性从女性的形象中,感受到了某种"超越自己的"、"更高尚"的东西。光源氏对于藤壶的憧憬之情,虽然没有明显地表现出来,但是,可以推测多少是接近这种情感的。

在西方的骑士精神中,武士忠诚和崇拜的目标是"女性"。为了自己所尊敬的女性,他们的身份提高,地位提升，受到鼓舞，获得勇气。"男子汉气概"与"仰慕女人"是一致的。即使到了近代，这种风气依然存在。像汉密尔顿夫人①和纳尔逊，约翰·斯图尔特·穆勒夫人②和她丈夫那样的关系，在东方是绝无此例的。

在日本，为什么随着武士政治的兴起和武士道的确立，就变得歧视女性，将女性视为奴隶呢？为什么"善待女性"与"武士气概"不相符合，而被视为"流于懦弱"呢？这是个有意思的问题，但是探讨起来会很冗长，后文自然还有机会触及，现在暂且不谈。总而言之，在当时那种国情下的日本，高尚的恋爱文学是不可能得以发展的。确实，西鹤和近松的作品，在某些方面与西方文学相比也毫不逊色，但是说实话，德川时代的恋爱小说，不论是怎样的天才之作，也毕竟都是商人文学，因此"格调低下"。理所当然，他们自身就轻视女人，鄙视恋爱，如何能创作出个性

---

① Emma, Lady Hamilton, (1765—1815)，英国驻那不勒斯大使威廉汉密尔顿的夫人，英国海军将领纳尔逊的情妇。——译注

② Harriet Taylor Mill (1807—1858)，英国哲学家、心理学家、经济学家约翰·斯图尔特·穆勒的夫人。——译注

高尚的恋爱文学呢？在西方，不是说连但丁的《神曲》，都是源自诗人对贝阿特丽切的初恋之情吗？此外，歌德也好，托尔斯泰也罢，这些被尊为一世师表的人，他们的作品即使描写通奸、因失恋而自杀，叙述极其有悖于道德的情节，那高尚的格调，仍然是我们的元禄文学无法比肩的。

西方文学对我们的影响无疑是多方面的，但我认为，最大的一点在于"恋爱的解放"，更深入地说是"性欲的解放"。虽然明治中期蓬勃发展的砚友社文学，还带有许多德川时代通俗小说家的气质，但之后《文学界》和《明星》一派兴起，直至自然主义文学流行，我们完全忘却了祖先的"视恋爱和性欲为卑贱之物"的谨慎姿态，抛弃了旧社会的礼仪。试将红叶①的作品，与红叶以后的大作家漱石的作品进行比较，我们会发现，两者对于女性的看法存在显著的不同。漱石虽然是屈指可数的英国文学专家，但绝不是洋气十足的人，反而是东方文人型的作家。尽管如此，

---

① 尾崎红叶（1867—1903），小说家，俳句诗人。成立砚友社，创刊《我乐多文库》，始创口语文体。代表作有《三人妻》、《金色夜叉》、《多情多恨》等。——译注

在他的《三四郎》《虞美人草》里出场的女性，以及对女性的描写方式，在红叶的作品中仍然是很难发现的。这两位作家的差别并非个体之异，而是时势不同。

文学是时代的反映，与此同时，也会领先时代一步，显示着时代思想的方向。《三四郎》和《虞美人草》的女主人公，不是将温柔优雅作为理想的旧日本女性的子孙，总让人觉得倒像是西方小说中的人物。虽然在当时，现实生活中这样的女性并不多，但是，社会迟早会期待并且梦想着所谓"有自我意识的女性"。与我同时代出生，当时与我一样有志于文学的青年，多多少少都曾拥有这样的梦想。

但是，梦想与现实总是难以一致。将背负着古老而悠久传统的日本女性提升到西方女性的位置，在精神和肉体上都需要几代人的修炼，绝不是我们一代人可以完成的。简单地说，首先是西方式的姿态美、表情美和步履美。要想让女子得到精神上的优越感，当然首先要从肉体上做准备。想想看，西方自古就有希腊文明的裸体美，如今欧美城市的街头，仍然到处装饰着神话中女神的雕像。因此，生长在这些国家和城市的女性，当然拥有匀称、健康的肉体。我们的女性为了真正拥有与她们同样的美，就必须与她们一样生活在神话中，尊她们的女神为自己的女神，将她们几千年的美术史移植到我们国家。事到如今，坦白地说，青年时代的我，就是描绘着这种荒唐的梦想，并因为这种梦想的难以实现而感到无比伤感的人之一。

我的想法是，正如精神中有"崇高的精神"，肉体中也有"崇高的肉体"。但是，日本女性拥有这样肉体的人极少，即使有，寿命也很短暂。西方女人，到达女性美极致的平均年龄是三十一二岁，也就是结婚后的几年。而在日本，只有在十八九岁，最多到二十四五岁的处女中，才鲜见一个令人惊叹的美人。但是，即使是这样的美人，大多在结婚的同时，也就如幻梦一样消失了。偶尔听说某先生的夫人或者某女演员、艺妓是绝色佳人，但大多是妇女杂志的卷首照片上的美人，若是实际碰到，则皮肤松弛，脸上尽是青黑色的白粉烧伤斑[①]和雀斑，眼神充满着家事操

---

① 原文为"お白粉やけ"。长时间使用白粉，皮肤因粉中的铅白而变成茶色。常见于演员、艺人等。——译注

劳或者房事过剩的疲倦之色。尤其是，能保持处女时代那雪白丰满的胸部、一吹即破似的腰部曲线的人，可以说一个都没有。证据就是，即使是年轻时喜欢穿洋装的女人，到了三十几岁，一下子就双肩消瘦，腰围骤减，根本就穿不出洋装的美感了。结果，她们的美只能依靠和服的装扮和化妆技巧来勉强支撑。虽然也有几分娇弱之美，但是，没有那种真正能让男人跪拜在她面前的、崇高的美感。

因此，西方可能有"纯洁的淫妇"或者"放荡的贞女"类型的女人，但是，日本不可能有。日本的女人一旦放荡，就失去了处女的健康和端丽，血色和容颜衰退，沦为与卖淫女毫无区别的低俗淫妇。

记得在一本书上读到过，好像是德川家康吧，曾经教导女性应该有这样的用心。大意是：妻子不能一直待在丈夫的床铺上，房事过后应该尽快回到自己的床铺上，这才是被丈夫长期宠爱的秘诀。只有在充分了解日本人凡事讨厌过度的性格后，才能提出这样的教导。家康这样具有出众的体力和精力的人，居然也会说这种话，真让人有些意外。

我曾经在《中央公论》上介绍过室町时代的小说,其中有个故事叫《三位僧人》。读过的诸位应该还记得吧。其中有这样一段:足利尊式的家臣中,有一名叫糟屋的武士,曾经窥见过一位高贵公卿家的女子,一见倾心,相思成疾。可见在南北朝时期的武士之中,仍然残存着王朝时代的优雅之风。不久,此事传到尊氏将军耳中,将军亲自为糟屋写了一封牵线搭桥的书信,并派一名叫佐佐木的武士作为使者,将信送到那位公卿家中。"……将军说此事容易,便修书一封,遣佐佐木为使,送至二条殿……"原著中,糟屋自述了此事的来龙去脉。"……那边回信说,女子名叫尾上,身份不同,不便去往武家,还请那位武士到这边来吧。二条殿的回信很快就被送到了我家,将军之恩,无以为报。不过,即使如此,这世间仍索然无味。纵然我与尾上姑娘相会,也只能是一夜夫妻,不如就此遁世而去吧。但转念一想,若是被人说,就是那个糟屋,恋上了二条殿家的女子,将军为其费心周旋,他却不敢相见遁世而去。岂非终生之耻?至少相会一夜,此后无论如何不再纠缠。"如此,糟屋将自己的心情表白了一番。①

对一个地位低下的武士来说,哪怕对方是身份悬殊的贵族女子,仍然令堂堂武士相思成疾,多亏主君好意牵线,遂成良缘。武士之喜,堪比登天。"将军之恩,无以为报。"武士虽感激不尽,却马上想:"不过,即使如此,这世间仍索然无味。纵然我与尾上姑娘相会,也只能是一夜夫妻,不如就此遁世而去吧。"这种心理实属异常。若是平安朝的贵族,另当别论。既然是尊氏将军的部下,想必是数次驰骋疆场的武士,乱世之中的武士竟有如此感怀,不是更令人不可思议吗?

---

① 原文接着写道:"思前想后,终于下定决心。一天晚上,也没做什么准备,就像平常一样出门,邀请三位年轻同伴,寻得一位向导,去了二条殿的御所。被带到一间豪华客厅,摆放着中国画屏风。四五个年龄相仿的女子,衣着华丽,款款而进。酒过三巡,品茶闻香。只见过一面,不知哪位是尾上姑娘,唯见个个貌美如花,不知所措。一位姑娘端着饮完的酒杯,来到我的近旁,隔着一人,给我敬酒。此时方才知晓,她就是尾上姑娘,遂举杯共饮。春宵短暂,黎明来临,金鸡报晓,寺钟敲响。今日依依惜别,唯愿长相厮守,姑娘重回夜幕中。睡乱的发间,容颜美丽,绿黛朱唇,实在亲切可爱。姑娘来到走廊,吟歌一首:'与君偶相逢,今晨衣袖湿。'我答曰:'昨夜卿泪滴,吾衣长相忆。'之后,我去过二条殿御所,尾上姑娘也曾经悄悄地来过我的住处。"由此看来,初次相会之后,糟屋的想法已经不似当初,两人的关系持续了一段时间。但是,这女子不久就被盗贼所杀,武士因此愈发厌世,最后出家。总体还是一个浅淡的恋爱故事。——原注

记得西方有一句谚语,大意是:"手中一只鸟,赛过空中数只鸟。"但是,这位武士又如何呢?原本高不可攀的贵族女子,意想不到地要属于自己时,这种喜悦尚未实现之时,正沉浸在即将到来的幸福遐想之时,他却说:"即使如此,这世间仍索然无味。"竟早就抱有遁世之念了。结果,虽然转念一想"若是被人说不敢相见遁世而去。岂非终生之耻?"但是,他却没有既然得到就永不放手,尽享无穷欢乐的想法。而是以"至少相会一夜,此后无论如何不再纠缠"的心情去和恋人相会。总之,只有日本人会有这种心理,西方人没有,恐怕中国人也不会有吧。

前面所说的家康之教导,或许不适合出格的恋爱,或者瞬间点燃的爱火,但至少对于经营着正式婚姻生活的人,是极为恰当的忠告。事实上,和妻子相比,丈夫——只要他是日本人——无论是谁,都更能痛感到这一点吧。我也时常有这样的感觉,妻子就不必说了,对恋人也是。亲热之后,总想分开一段时间,少则两三分钟,长则一晚以上,甚至一周、一个月。回想过去的恋爱经历,不让我产生此种感觉的"对方"或者"时候",屈指可数。

这其中有很多缘故，总之，日本男子在这方面很容易疲劳。因为疲劳来得快，作用于神经，总感觉自己做了蠢事，因此情绪暗淡消极。又或者是，传统意义上的鄙视恋爱和色情的思想涌上心头，于是心情郁闷，反过来影响了体力。不论是哪种情况，我们在性生活方面，确实是极为淡泊的，不堪过度淫乐的人种。若问问横滨、神户一带港口城市的卖笑女，就知道这是事实。据她们说，和外国人相比，日本人在这方面的欲望要少得多。

但是，我并不想将此一概归因于我们体质弱。今后，即使我们大大加强体育运动（顺便说一下，西方人热爱体育运动，无疑与他们的性生活密切相关。这和为了饱餐美食，先要饿肚子是同一道理），拥有和西方人一样强壮的体魄，果真就能像他们那样激情澎湃？这仍然值得怀疑。本来，我们在其他方面是相当活跃、精力充沛的，这一点不管是参照过去的历史，还是依据现在的国势，都显而易见。我们没有那么强的性欲，与其说是体力不济，倒不如说更多是受季节、气候、风土、食物、住宅等条件的制约。

由此我想到，西方人一旦在日本长住，就逐渐变得头脑迟钝、浑身乏力、无精打采，最后连工作也做不下去了。因此，他们大约每四年回国休假一次，在故乡住上一年半载再回来。没有那么长假期的，也会在日本找一个气候接近欧美的地方住一阵子。据说信州轻井泽的开发，完全就是这个原因。就是说，日本和欧美相比，湿气相当重。就连我们自己，一到入梅季节也总是神经衰弱、手脚无力。因此，那些来自没有入梅现象、空气干燥的国度的人，住在这样的地方，可能会觉得一年到头都是梅雨季节吧。当然，世界上还有比日本湿气更重的地方。我的一个朋友是公司职员，长期在印度孟买工作，有一次他回国时说："哎，一年到头都闷热无比，浑身黏糊糊的，真受不了。要是还被派到那个地方，我还是辞职的好。"我说："不是可以经常回国吗？""四年才回来一次，怎么受得了？在那种地方长期住住看，谁都会变得头脑迟钝，浑身从骨髓里腐烂。所以，日本人也好，西方人也罢，都讨厌到那里去。"最终，他真的辞职不干了。大概在很多侨居日本的外国人看来，被派到日本的感觉正好和日本人被派到孟买的感觉是一样的。

过于干燥的土地是否有利于健康，我不清楚。不过，不仅限于性欲，比如饱餐油腻食物，畅饮烈酒等，尽情欢乐之后，痛快地吸一口似乎能醒酒的、清新的空气，仰望美丽澄澈的蓝天，肉体疲劳就会消除，大脑也会清醒。但是，湿气重的国家，雨水多，很少能看到蓝天。特别是，因日本是岛国的缘故，如果不是离海岸线较远的高原地带，就连冬天的空气也很潮湿。刮南风的日子，黏湿的海风吹来，脸上满是黏黏的油汗，鲜有不头疼的时候。我并非旅行家，说得可能不确切。大概整个日本，雨水较少、温暖干燥、交通还算便捷的地方，也就是我现在住的六甲山麓一带，以及从沼津到静冈沿岸地带吧。有段时期，医生建议身体虚弱的人到海滨疗养。于是，东京人到湘南地区，京都人和大阪人到须磨、明石一带，很是流行，现在也偶尔看到从镰仓一带往返东京上下班的。不过，据我的经验，靠海的地方，冬天暖和是暖和，但也经常刮那种黏糊糊、温吞吞的海风，衣服马上沾满湿气，头昏脑涨。一二月份倒还好，一到三四月份就特别厉害。要说夏天的闷热劲儿，镰仓的温度计比东京的攀升更快。我实在搞不懂，何苦要到这种水又难喝、蚊子又多的地方来避暑呢？我比一般人更容易上火，也曾在鹄沼和小田原住过，但那段时间不头痛的日子很少。尤其在小田原，患上了严重的神经衰弱，体重大减。京都大阪一带的须磨、明石也基本一样。再往西的中国地区①，总体上雨水少，风光明媚。但不知为何，感觉空气黏糊糊的。樱花开放时节，天气就开始闷热起来。不久到了夏天，傍晚的海面风平浪静，但却手脚发软、浑身无力。自己的身体就不用说了，眼前的海面也好，绿叶也罢，都像刚刚画好的油画一样，油光光地，汗流浃背。

总之，日本这个国家，其中枢地区的大部分都是阴湿气候，实在不适合享受极致的欢乐。不是说法国等国家，即使是盛夏酷热时节，汗水也会自动变干，皮肤绝不会发黏吗？只有在这样的土地上，才能沉溺于无休止的性欲。相反，一动不动都会头疼、肚子饿的话，谁会想到这种香艳浓烈的娱乐？实际上，若是到濑户内海地区，恰逢傍晚

---

① 日本的中国地区。由本州西部冈山、广岛、山口、岛根、鸟取五县组成。——译注

时分,哪怕就是稍微喝一点点啤酒,马上就浑身黏湿。浴衣的衣领和衣袖油腻腻的,躺着都觉得浑身关节松软。这种时候,毫无欲望可言,房事之类的想想都觉得厌烦。并且,气候是这个特点,吃的又极为清淡,住宅样式还是开放型的,这些都有很大影响。贝原益轩①曾经建议白天行房事,于日本这样的气候风土是格外健康的方法。这样的话,一旦看看晴空,泡个澡,散散步,既可以缓解郁闷的心情,也可以尽快消除疲劳。无奈普通民居的房间布局中,根本没有密闭的房间,所以,这也只能是说起来容易、做起来难了。

若是这样,印度和中国南部等湿气重的国家,人们在这方面应该比我们更淡泊才是。然而,似乎并非如此。他们吃的比我们油腻,住的比我们布局更合理,应该能尽享此乐吧。但是,古代中国在历史上多次被北方征服,再看印度的现状,就觉得他们或许为此过度耗费了精力。物产

---

① 贝原益轩(1630—1714)。江户前期儒学家、本草家、教育家。著有《慎思录》《大和本草》等。——译注

丰富的大国人民，即使那样也未尝不可。但是，日本人好动、急躁、不服输，又生在贫穷的岛国，怎么也不能学他们的样子。暂不论好与坏，总之，我们刻苦勤奋。武士磨炼武功，农夫勤于耕作，一年四季，毫不懈怠，勤恳劳作，方有今日之日本。如果稍有松懈，延续平安朝公卿那样的安逸生活，立刻就会被相邻的大国侵略，沦为与朝鲜、蒙古、越南同样的命运吧。这种情况古今未变，并且，我们具有绝不服输的民族之魂。如今，我们虽然位居东方，但却是世界一流国家。可以这样说吧，这正是归功于我们不贪图过度享乐。

我们是鄙视露骨地表现恋爱、淡泊色欲的民族，因此，历史书上对于在背后发挥作用的女性，一向没有明确的记载。因为职业的关系，我经常想以过去的历史人物为题材创作历史小说，但一直感到困扰的是，围绕这些人物的女性的情况很难弄清楚。毋庸置疑，历史上的英雄豪杰，他们背后肯定也有某种形式的恋爱故事，只有将这些方面毫无忌惮地描写出来，才能发掘他们身上的人情味儿。那位太阁写给淀君①的情书等，就是真正宝贵的资料。但是，这种书信流传下来的很少，只有一两封，还是专门的历史学家花费时日，好不容易才收集到的。更有甚者，有些著名历史人物，不知其有无正室，也不知其母亲的出身和姓名。想必查看诸家宗谱的人，经常会有此感受吧。实际上，日本自古以来的家谱书写，上至皇族，下至普通家庭，记载男子的行动比较详尽。但是，对于女子，只写着"女子"或者"女"，生卒年月和姓名，一般都不写。就是说，我们历史上有一个个的男性，但没有一个个的女性。就像家谱上所写的，永远只是一个"女子"或"女"。

《源氏物语》有《末摘花》一卷。为源氏物色情人的大辅命妇，有一天，说起已故常陆亲王家的小姐。"她性情、相貌如何，我所知不详。但似乎沉默寡言、不喜交际。有时晚上有事，我也要隔着帷帐与她说话。唯有七弦琴是她最爱。"于是，在八月二十过后的一个秋夜，小姐正在荒芜

---

① 淀君（1567—1615）。丰臣秀吉（太阁）的侧室，名茶茶，亦称淀殿。浅井长政的长女，母亲为织田信长之妹。深受秀吉宠爱，居淀城。大阪城陷落时自杀。——译注

的住处哀叹身世,源氏就悄悄地来与她相会了。小姐一味地害羞,命妇百般相劝,生性不擅拒绝的小姐才答道:"我只听他说话,不予应答,如若可以,就隔着格子门见一面吧。"命妇说,让公子立于格子门外,未免失礼,就将源氏带到一个房间,将隔扇置于中间,让他与小姐相见。源氏虽然看不见小姐的容貌,仍觉她"百般相劝,终在眼前。沉静如水,衣香袭人,落落大方"。但是,无论隔扇这边的源氏说什么,小姐都一言不发。

百般呼唤君不语,一心求君莫噤声。

不久,源氏随口作歌吟唱,隔扇内陪伴小姐的侍女代为回复道:

即刻夜半钟声起,缘何噤声君可知?

此番对话后,最终,源氏推开两人之间的隔扇,进入小姐房间与之结合。但因室内昏暗,仍然看不清对方容颜。

因此，之后的很长时间，源氏都是在不知小姐容貌的情况下与之相会的。一个下雪的早晨，源氏打开格子门，看着庭院雪景，吐露心中遗憾："快来看雪后黎明的天空，甚是不同寻常。你一直冷落疏远，实在让我苦恼。"几个年老的侍女也劝说："快出来吧，这样不行啊。"小姐这才梳妆打扮，头一回来到了亮处①。

《末摘花》这一卷，源氏此时才看到小姐的鼻尖泛红，顿觉扫兴。此事颇为滑稽。既然这么滑稽的事情都可能出现，可见不知对方的长相就交往的情况，在当时是普遍的。正如给源氏牵线的大辅命妇所说"性情、相貌如何，我所知不详……晚上隔着东西与她说话"，命妇也没见过小姐的长相，大概只是隔着帷帐什么的说过话而已。因此，她对小姐说"源氏公子想听您弹琴"，也只不过是传了一句靠不

---

① "源氏打开格子门，眺望庭院雪景。远远望去，人迹全无，白雪皑皑，甚是寂寥。心想若就此离去，小姐未免可怜。于是，吐露心中遗憾：'快来看雪后黎明的天空，甚是不同寻常。你一直冷落疏远，实在让我苦恼。'当时天还没大亮，雪光映照下，源氏越发年轻英俊，令几个年老的侍女如痴如醉。她们赶紧劝说小姐：'快出来吧，这样不行啊，要柔顺可爱才好。'小姐本就不擅拒绝别人，于是梳妆打扮，膝行而出。"——原文

住的口信罢了。用这样的口信牵线搭桥也就罢了,源氏竟然真的被吸引而去相见,甚至在不知道对方模样的情况下,一直同床共寝。现在看来,这男人也太喜欢猎奇了。想来,若是重视个性的现代男子,只享一夜之欢倒也可能,将其视为真正的爱情,恐怕做梦也想不到吧。如前所述,这在平安朝贵族中,实属平常。女人完全就是"深窗佳人",深藏在红闺绿帐之中。而且,当时的房屋采光不好,连白天都模糊暗淡,更何况灯影朦胧的暗夜。可以想象,哪怕在一个房间鼻尖碰鼻尖,也很难看清楚对方。就是说,女人生活在那种昏暗的房间里,隔着重重帷帐或垂帘,静静地生活在那背后。因此,女人在男人的感觉中,只不过是衣服的摩擦声和香薰气息。即使再亲近一些,也只是用手触到的光滑肌肤和瀑布般的秀发了。

在此说些题外话,记得十多年前,我曾在现在的北平,也就是当时的北京住过,感觉那里的夜晚极其黑暗。最近听说北平也铺设了有轨电车,想必街道一定变得明亮而热闹了。不过,那时仍处在世界大战之中,除了城外的妓院街和戏园子等热闹场所外,太阳一落,真是一片漆黑。大马路还算透着几分光亮，去小胡同看看，完全黑暗如漆，连萤火虫似的灯光也没有。记得那一带的宅院，围着高高的土墙，构造像一个小城堡。大门的门板紧闭，不留一寸缝隙，大门内还矗立着一面类似屏风的挡墙，叫作影壁。因为这样两层三层的封锁遮蔽，院子中没有一丝灯光、一声人语，只有那令人毛骨悚然的、废墟似的墙壁在黑暗中沉默着。起初，我若无其事地走上那墙与墙之间曲折狭窄的小路，但不管走到哪儿都黑暗浓重，异常僻静，立刻感到莫名的恐惧，最后就像被什么追赶一样跑出来。

总之，现代的城里人不知道真正的夜是什么样子。不，即使不是城里人，人们都忘记了夜晚的黑暗为何物。因为最近连偏僻的乡间小镇也装上了铃兰灯饰，当今时代，黑暗领域逐渐被驱逐。我那时走在北京的黑暗中，心想，这才是真正的夜晚，自己已经长久忘却夜的黑暗了。我还想起小时候，在朦胧的灯光下睡着的夜晚，曾是多么凄清寂寞、简陋乏味啊，不过如今回想起来却有一种莫名其妙的怀念。

至少，出生在明治十年代的人一定记得，那时东京夜晚的街道，正好和十年前的北京一样。记得从茅场町的我家到蛎壳町的亲戚家，过了铠桥也就只有五六百米的距离，我那时经常是和弟弟一起气喘吁吁、不顾一切地跑着去的。当然，那时的晚上，即使是在商业街的正中央，女子也不敢一个人走。十年前的北京、四十年前的东京还是这般光景，距今近一千年前的京都，那时的夜晚该是多么黑暗和僻静啊！想到此，不禁联想起"乌珠之夜"和"夜之黑发"的说法，于是清晰地领会了当时女子身上那种幽雅美丽、神秘莫测的气质。

从古至今"女人"与"黑夜"总是如影随形。但是，现代之夜，是用比阳光更强的眩惑和光彩将女人的裸体毫不遮掩地照射出来。相反，远古之夜，却用神秘的黑暗之幕将深居闺中的女人身姿再次包裹起来。渡边纲[①]在戾桥遇女鬼，赖光[②]遭土蜘蛛妖袭击，读这样的故事时，脑海中

[①] 渡边纲（953—1025），平安中期武士。源赖光之臣，四天王之一。传说他降伏了洛北市原野的鬼同丸、罗生门之鬼和大江山的酒吞童子。——译注
[②] 源赖光（948—1021），平安中期武将。射术超群，被视为降伏大江山酒吞童子传说的主人公。——译注

必须要有恐怖的黑夜①。

(一)

波涌住江畔,夜深人静时。

梦里寻卿去,亦恐为人知。②

(二)

思君情切切,辗转夜难眠。

---

① 《拾芥抄》"诸颂部"中,列举了古人在夜间遇到可怕之物时,诵念的咒语或者歌谣。

做梦后,走到桑树下,将梦讲给树听,并且反复诵念三遍"噩梦着草木,吉梦成宝玉"。或者,面向东方洒水。并反复诵念"南无功德须弥严王如来"二十一遍。或者,吟唱歌谣"唐国之园,园之高山,高山鹿鸣,鹿足交错,汝罪恕矣"。

在夜路上遇到死人时,歌谣为"谁之魂魄?吾行夜路,汝上大路,黄金呀,魂魄呀,四散而去吧"。

遇到人的魂魄时,歌谣为"望见人魂,不知何人?系之于前襟"。一边唱,男的将左前衣襟打结,女的将右前衣襟打结。

鹡鸰鸟鸣叫时,歌谣为"黄泉之鸟鸣,近在我墙根,人人都听到,无人赴黄泉"。

三尸虫鸣叫时,歌谣为"三尸虫呀,莫在此鸣叫,若说谁将死,请到对面叫"。

并且还有记载说,要走夜路时,在左手的掌心写上"鬼"字,之后再走。——原注

② 出自《小仓百人一首》。作者为藤原敏行朝臣,"三十六歌仙"之一。住江,平安初期以后称作住吉,今濒临大阪湾一带。——译注

反着香襦裙，唯盼梦中颜。①

无论（一）或（二），还是其他，古人各种各样有关夜晚的诗歌，只有联想到"黑夜"才会领会其中意境。大概在古人的感觉中，昼和夜是完全不同的两个世界吧。白天的光明和夜晚的黑暗，实在相差悬殊。破晓时分，昨夜那可怕的黑暗世界，瞬间消失于千里之外，晴空万里，阳光闪耀。仰望阳光，回想昨夜，仿佛夜晚成了似有若无、莫名其妙的幻影和世外之物。和泉式部吟咏道："君手为我枕，春夜梦一场。"②回想那虚幻短暂的枕边私语，即便不是和泉式部，也会感到"梦一场"吧。

女人确实总是隐于长久黑暗的夜幕中，白天不见身影，只在"梦一场"的世界中如幻影般出现。她们似月光般苍白，虫鸣般微弱，草叶露珠般脆弱，总之是黑暗世界催生

---

① 出自《古今和歌集》。作者为小野小町。"六歌仙"、"三十六歌仙"之一。"反着香襦裙"一句，与日本民间信仰的"反穿衣就能和想念的人在梦中相见"有关。——译注

② 据译者查阅，此处可能为作家笔误。此和歌作者并非和泉式部，而是周防内侍，出自《小仓百人一首》。——译注

的一种冷艳精灵。古代男女在诗歌赠答时,经常把爱情比作月亮或者露珠,这绝非我们所认为的轻浮比喻。依依惜别的早晨,男人踏着庭前的草叶归去,露珠沾湿了衣袖,想着情人离去的身影,此时的露珠、月亮、虫鸣和爱情,紧密相连,有时甚至感到浑然一体。有人批评说《源氏物语》等古代小说中出现的女子,性格雷同,毫无个性。要知道,古代的男子爱上的并非女子的个性,也不是被某个特定女子的容貌美或肉体美所吸引。对他们而言,正如月亮总是同一个月亮一样,"女子"也永远只是同一个"女子"吧。他们于黑暗中,听其细语、闻其衣香、抚其秀发、触其肌肤,待黎明时分,倩影消失而去。这就是男人眼中的女人。

我曾经在小说《食蓼虫》中,借主人公的感想,如下记录了文乐坐的木偶戏①。

……耐心仔细地看着看着,最后,眼里竟然没有

---

① 参照改造社发行的《食蓼虫》,第四十五页—四十六页。——原注

了木偶操作人,小春已不再是被文五郎①抱着的仙女,而是栩栩如生地稳坐在榻榻米上。但是,和演员扮演的感觉还是不一样。梅幸和福助②不管演得多么好,也总让人觉得那是"梅幸啊"、"福助啊",但是这个小春纯粹就是小春,而不是另外的某个人。虽说不像演员的表演富于表情,但想来,过去的风尘女子也不会像戏剧那样将明显的喜怒哀乐表现出来吧。生活在元禄时代的小春大概就是"木偶似的女子"吧。即使事实并非如此,总之,听净琉璃的人们梦想中的小春,并不是梅幸或者福助扮演的形象,而是木偶的形象。古人心中的理想美人,无疑是不轻易表现个性、谨慎内敛的女子,所以这个木偶正合适,若是再有什么特长反而有碍。过去,人们可能把小春、梅川、三胜和阿俊想象成同样的面孔。就是说,只有这个"木偶人

---

① 吉田文五郎(第四代)(1869—1962),文乐座的木偶操纵师。本名河村巳之助,操纵旦角的名人。——译注
② 中村福助(1900—1933),歌舞伎演员。成驹屋第五代旦角,以高雅、美貌著称。——译注

小春"才是日本传统中"永恒女性"的形象。

这种情况不仅限于一出木偶戏,绘卷①和浮世绘上所画的美人也给人同样的感觉。时代不同、作者不同,美人的形象也会多少有些变化。但是,在著名的《隆能源氏》②等绘卷中,所有美人的脸庞都一模一样,完全没有个性,几乎让人觉得平安朝的女子都长着同样的一张脸。浮世绘也一样,演员的肖像画另当别论,至少只要是女人的脸,歌磨有歌磨的擅长,春信有春信的喜好,但同一位画家就是不断地在画同一张脸。作为他们绘画素材的女性,有青楼女子、艺妓、商女、侍女等很多类型,但是,画家只是给同一张脸穿上不同的衣服,画上不同的发型罢了。因此,我们总是从各个画家所画的理想美人的脸上,想象出同样的典型"美人"。不用说,过去的浮世绘巨匠们,他们并非

---

① 古代画卷。画在卷轴上的图画作品,文与相对应的画交替书绘。盛行于平安、镰仓时代。——译注
② 《源氏物语绘卷》的旧称,平安末期绘卷。日本四大绘卷之一,日本国宝。——译注

不具备发现模特个人特色的能力，也并非欠缺描绘这种特色的技术。也许，他们相信消除这种个人色彩，才更加美丽，才是画家的素养。

一般而言，东方式的教育方针与西方式的相反，不就是要尽量抹杀个性吗？例如，就文学艺术而言，我们的理想并不在于独创前所未有的全新美感，而在于自己也能达到古代的诗圣、歌圣已经到达的境界。文艺的极致——美，是自古唯一不变的东西，历代的诗人和歌人都将其反复吟诵，努力达到巅峰。有这样一首和歌："山路万千条，顶上一轮月①。"总之，芭蕉②的境界就是西行③的境界。时代不同，文体和形式存在差异，但是，最终目标只有一个，就是"顶上一轮月"。这一点，较之文学，通过绘画——尤其

---

① 相传为一休宗纯禅师所作。——译注
② 松尾芭蕉（1644—1694），江户前期俳句诗人。名宗房，别号桃青。对俳谐进行革新，集其大成。蕉风开创者。俳句收集在《俳谐七部集》中，另有游记《奥州小路》等。——译注
③ 西行（1118—1190），平安末期到镰仓初期的歌僧。俗名佐藤义清。擅写凝聚生活体验的述怀歌，《新古今集》中收录其作94首。个人歌集有《山家集》等。——译注

是南画①更能领会。南画的上乘之作，不论是山水还是竹石，技巧会因人而异，但是从中体会到的一种神韵——禅趣、风韵、烟雾缭绕的气息——达至悟道之境的崇高美感，经常是相同的。归根结底，南画家的终极目的就是要得此气韵。南画家常常给自己的作品题上"仿谁谁之笔法"的附言，意在放空自己、踏前人足迹。由此便知，自古中国绘画多赝品，而且，有很多画家将赝品画得十分逼真。但是，也许他们并非有意骗人，因为对他们而言，个人的功名不算什么，只是乐于和古人达成一致。证据就是，虽是赝品，但确实有精心的工笔画。模仿名画，画家自身必须具备卓越的才华和旺盛的创作欲望，满怀私利的人是很难完成的。既然重点在于探求古人的美之境界，目的并非是宣传自己，那么作者的名字是谁都无所谓了。

孔子的理想是将政体恢复为尧舜之古，不断倡导"先王之道"。虽说这种尚古乃至复古倾向阻碍了东方的发展进步，

---

① 受中国南宗画的影响，江户中期开始盛行，也称文人画。代表画家有池大雅、与谢芜村等。——译注

但不论好坏,我们的祖先都以这种心境,在伦理道德的修养方面,首先将恪守先哲之道放在第一位,把个人的出人头地放在次要位置。尤其是女性,她们抹杀自己、摒弃真情、埋没长处,不就是在努力使自己成为"贞女"的典范吗?

日语里有"色气"①一词,这个几乎没办法翻译成西方语言。最近,伊里诺·格林发明的"it"②一词从美国传到了日本,但感觉和"风韵"的意思很不同。

像电影中克拉拉·鲍那样的女性,确实是丰满的"性感"尤物,但却可能是距离"风韵"最远的女人。

过去经常有丈夫高兴地说,家里有公婆一起生活,媳妇反而更会风情万种。如今的新郎新娘,虽然双亲健在,也大都不住在一起,因此可能不大容易理解这种心情。媳妇对公婆要小心恭敬,暗地里就会更加依赖丈夫,寻求爱抚——在谦恭的态度中总能隐约有这种感觉——男人们大多能从妻子的这种样子中感到莫名的魅力。比起放纵和露

---

① 色相,风韵。吸引异性的魅力,多指女性。——译注
② Elinor Glyn(1864—1943),英国女作家。原著 it 1927 年改编成克拉拉·鲍主演的电影,"it"意为性感。——译注

骨的表达，被压抑在内心的爱情，想隐藏也隐藏不住，有时无意间从言行中露出端倪，更能抓住男人的心。"风韵"大致就是这样一种爱情韵味。爱的表示如果超出朦胧、娇弱的感觉，则越积极越"没有风韵"。

风韵本来就是无意识的，有人天生就有风韵，有人却没有。没有风韵的人，不管怎么想表现出风韵，都会很不自然，只会让人讨厌。既有长得漂亮却没风韵的人，相反，也有脸长得丑，但声音、肤色、体形等却莫名其妙充满风韵的人。西方的女人，就个体而言，无疑也有这样的区别，但是因为化妆方法和表达爱情的方式太有技巧性和挑逗性，很多时候反而抹杀了风韵的效果。

天生有风韵的人自不必说，即使是风韵欠缺的人，在努力将心里的爱情或情欲隐藏得深而不露时，那种情绪反而别具风情。如此想来，对女子进行儒教思想、武士道精神的教育——也就是，塑造女大学①式的贞女，从另一方

---

① 《女大学》，女性教育书籍。日本江户中期以后普及，宣扬女子所遵从的道德规范。相传为贝原益轩所作，著者、年代不详。——译注

面看,是造就了最具有风韵的女人。

一般而言,虽然东方女子在姿态美、骨骼美方面比西方女子逊色,但是在肤色美、皮肤细方面却胜过她们。这并非只是我一个人的肤浅经验,而是很多内行的一致共识,连西方人有此同感的也不在少数。实际上,我还想进一步说,就触觉的快感而言(至少对我们日本人来说),东方女子也是超过西方的。西方女子的肉体,肤色好、有光泽、很匀称,远观时极富诱惑,但是,近看则皮肤粗糙、汗毛蓬乱,格外扫兴。并且,看上去四肢线条流畅,似乎是日本人所喜的丰腴结实,但实际捏一下手脚,却是肌肉松弛、软沓沓的,没有弹性,毫无紧致、充实之感。

总之,在男人看来,可以说西方女子较之拥抱,更适合多看,东方女子正好相反。据我所知,论皮肤的光滑细腻,应以中国女子为最。日本女子的皮肤也要比西方女子细腻得多,虽然肤色不很白皙,但那略带浅黄的肤色反而增添了深邃含蓄之美。毕竟,作为从远古的《源氏物语》时代一直到德川时代的习惯,日本男子一直都没有机会在明亮处清晰地欣赏女子整个身姿的机会。他们只能在灯光微弱的深闺中,爱抚她们极少部分的肌肤。于是,日本男子自然就有了以上观点。

克拉拉·鲍式的"性感"和女大学式的"风韵",到底哪个更好,这只能看个人喜好。但是,我暗暗担心的是,像如今这样的美国式暴露狂时代——歌舞剧流行,女人的裸体司空见惯的时代,性感的魅力不是会渐渐消失吗?不管怎样的美人,也做不到比全裸更彻底地暴露了。如果大家对裸体都变得钝感,结果只能是,再煞费苦心的性感也不再具备挑逗性了。

厌　客

记得曾读过寺田寅彦①先生一篇关于猫尾巴的随笔。文章说，不知猫的尾巴到底有何用？看起来根本就是无用之物。人类的身体没有这样一个麻烦东西，真是太幸福了。与他相反，我经常想，自己要是有一个这么方便的东西，那该多好。爱猫之人都知道，被主人叫名字时，它懒得"喵"地一声回应时，就一声不响地摇摇尾巴尖儿。若它正蹲在檐廊等处，优雅地弯着前爪，似睡非睡、迷迷糊糊地晒太阳时，你叫叫它的名字看。要是人，可能懒洋洋地、爱理不理地说一声："唉，好烦啊，人家好不容易正要舒舒

---

① 寺田寅彦（1878—1935），物理学家，随笔家。东京大学教授。在地球物理学等方面颇有成就。师从夏目漱石。随笔作品侧重真实理性和细腻情感。著有《冬彦集》《薮柑子集》等。——译注

服服打个盹儿呢。"不这样的话，就干脆装睡不理。但是，猫肯定是采取折中的方式，摇摇尾巴回答你。这时，它身体的其他部位基本不动——耳朵可能稍微转向出声的方向，这里暂不说耳朵——那半闭的眼睛一动不动，静静地保持原来的姿势，依然昏昏欲睡，只是尾巴尖儿"噗"地轻轻摇动一两下。你要是总叫它，它干脆不理你，但起码两三回会这样回应你。人们看见猫尾巴在动，就知道它还没睡着，但有时也可能是猫已经半梦半醒了，只有尾巴反射性地在动。不管怎样，这种用尾巴回应的方式包含着一种微妙的表现，好像是，觉得出声麻烦，不出声又太没有礼貌，那么就这样来打个招呼吧。又好像是，谢谢你叫我，但我实在很困，请原谅我吧。说偷懒也好，说周到也罢，它靠这么简单的一个动作，竟然表达了如此复杂的心情。但是，没有尾巴的人类，在这种情况下，很难有这么巧妙的方法。猫是否有这么细微的心理活动，这是个疑问，但看它尾巴的动作，总让人觉得它在表达那样的心情。

我为什么要说这个话题呢？别人有所不知，因为我经常碰到对猫深感羡慕的情况，真的经常想，要是自己也有尾巴该多好！比如，我正伏案执笔时，或者正思绪万千时，家人突然进来唠叨些琐事。这时，只要我有尾巴，只稍微摇两三下尾巴尖儿，就可以不管不顾地继续执笔或思索了。比起这个，更让我痛感尾巴之必要的，就是有客人来访时。我讨厌家里来客人，除非是特别谈得来的同行，或是敬爱的朋友久别重逢。否则，我很少由衷高兴地接待客人，基本都是硬着头皮，不得不见。对方若有要事相谈，另当别论，若是漫无边际地闲谈，十到十五分钟我就厌烦得不行了。于是，自然而然地，我就变成了听众，只剩客人一个人在说话。我的心思往往憧憬着远离谈话主题的方向，完全对客人弃之不顾，追逐着恣意的空想，思绪甚至会飞到刚刚还在创作的作品中。因此，虽然也会时而"是"、"嗯"地应答一下，但渐渐地总难免心不在焉、前后矛盾、停顿太久。有时忽然发觉自己失礼了，就强打起精神，但这努力也持续不长，一会儿又神游天外。这种时候，我总是想象自己似乎长出了尾巴，屁股痒痒的。并且，有时干脆连"是"、"嗯"也不说，只摇摇想象的尾巴了事。和猫的尾巴不同，很遗憾不能把我想象的尾巴给对方看，尽管如此，在我心里，摇尾巴和不摇尾巴还是有几分不同的。因为，虽然客人不知道，我自己觉得已经用摇尾巴在应答他了。

那么，我究竟从何时开始这样——像羡慕猫的尾巴那样——懒得和人说话、讨厌见客人了呢？并且，这其中有什么缘故吗？想来想去，连我自己也不清楚。像辰野隆①这样的老朋友们都知道，我从初中到一高②，一直到大学，绝不像现在这样不爱说话。辰野是公认的座谈会上的雄辩家，我也有不逊于他的好口才。我擅长东京人特有的轻快辩才，让听的人如痴如醉，如梦如幻。发警句、玩幽默也不落于人后。渐渐变得寡言少语，是我开始写东西之后。但是，到底是因为寡言才厌客，还是因为厌客才寡言，我想可能还是厌客——换言之，讨厌交际——在先吧。为何成了作家，就讨厌交际了呢？这其中有各种各样的原因。我在日

---

① 辰野隆（1888—1964），法国文学研究家，随笔家。东京大学教授。著有《波德莱尔研究序说》等。——译注
② 东京第一高等学校（旧制），1886 年创立。1894 年起成为东京帝国大学预科。——译注

本桥的商业街长大,是投机商家的儿子,个性古怪,讨厌当时那些所谓作家艺术家身上的乡巴佬气息。他们当中虽然也有几个地道的东京人,但是以早稻田派的自然主义作家为代表,大多数都是乡下人,所以他们营造的气氛总是很土气。我也受了一些他们的影响,头发蓬乱,衣服邋遢,但不久就厌了,以后就尽可能打扮得让人看不出是作家。穿西式服装的话,要么是整洁的一套西装,要么是黑色上衣搭配条纹西裤,或者是晨礼服。帽子的话,戴的最多的是圆顶硬礼帽。穿和服时,布料多为结城茧绸或者大岛绵绸,再搭配素色外褂。总是将角带①系得紧紧的,一副商人打扮,一看就知道是商店的少当家。这种打扮招致了小山内君②等人的反感,说我摆出一副有钱人的样子,惹人讨厌,令人憎恶。于是,我就和原来的伙伴越来越疏远。讨厌乡巴佬气息的我,自然也讨厌书生气,所以,只要不是特别值得与之交谈的人,我很少与他们讨论文学和艺术。

---

① 男用和服腰带的一种,窄而硬。——译注
② 小山内薰(1881—1928),剧作家,导演,小说家。东京大学毕业。1909年创立自由剧场,上演西欧近代剧,奠定了日本新剧的基础。——译注

并且,我有一个信念,就是文学家没必要结朋党,还是尽量孤立为好,这一信念至今未变。我之所以敬慕永井荷风先生,就是因为他一贯秉承这种孤立主义,没有一个文人能像他那样彻底贯彻这个主义的。

因此,最初我讨厌交际,但并不认为自己寡言。因为与人接触的机会少,渐渐话就少了,但若是让我说,我还是能滔滔不绝。流畅轻快的"江户语"这种巧妙的说话技巧,我天生就拥有,只要自己想说,随时都能发挥。事实上,最初确实如此,但是,无论什么一旦用的次数少了,功能就会减弱。于是,不知从何时开始,我真的变得笨嘴拙舌了,尽管想和过去一样能说会道也说不出了。于是,就对说话失去了兴趣。如今已六十三岁的我,讨厌交际和寡言的毛病越来越厉害,有时连自己都觉得不好办。在寡言方面,吉井勇①可能更胜一筹,但他不讨厌交际。虽然话少,但总是微笑着,很讨人喜欢。而我,不喜欢的话,立

---

① 吉井勇(1886—1960),歌人,剧作家,小说家。著有歌集《祝酒》《祇园歌集》,戏曲集《午后三时》等。——译注

刻表现在脸上,觉得无聊,竟然会在人前打呵欠。不过,酒醉后,还是多少想说说话的,但是一开口,再也不像过去那样妙句迭出、滔滔不绝,结果也就只是比平时饶舌些,声调高些而已。因此,对于现在的我而言,日常生活中最辛苦的事,就是做访客的聊天对象。虽然辛苦,若是有意义的也必须忍受。如前所述,将孤立主义奉为信条的我,在想见的时候,见想见的人,在我觉得足够的时间内见了就可以了,其他的人还是尽量不见的好。因此,不得不说,访问我这种男人的人很可怜。但是,尽管如此,访客仍然很多,战时疏散到乡间,暂时摆脱了此苦,在京都安家后,客人竟然一天比一天多起来。

而且最近,随着越来越接近老龄,更有了可以将多年的孤立主义强化的理由。为什么呢?因为不管我多讨厌交际,六十多年也认识了很多人,和年轻时候相比,现在交际范围已经非常广了。年轻时可能有必要多认识人,多看看世界,但我现在的情况,也不知道今后还能活几年,而且,想在有生之年完成的工作,也基本列入了计划。思考一下我的工作量,多得几乎是我有生之年做不完的,因此,我必须倾尽余生，慢慢地从计划表的一端开始完成它。为此我已经拼尽全力，哪还有必要去多认识人、多看看世界。我只想拜托别人，不要打乱和干扰我的计划，哪怕是一点也不行。但是这么一说，可能听起来我好像是个勤奋之人，珍惜光阴、始终热衷于工作的人。实际正好相反，从年轻时候开始，我就比一般人写东西慢，如今年纪大了，因为各种生理障碍，比如肩膀酸、眼睛累、神经痛引起的手腕疼，加上这些，我写得就更慢了。为了写一页稿纸，期间要在院子里散散步，在客厅里来回走走，不来点插曲就坚持不下去。因此，说是在工作，真正执笔的时间其实很少，发呆休息的时间反而多。就是说，一天当中能具备各种条件，顺利流畅地动笔写作的时间，真的只有很少的一点点。所以，再有人来打扰的话，我受到的伤害会更大。有人过来说："真的三五分钟就好，想拜望您一下。"可是，为了这三五分钟，我好不容易才有的兴致又被打断，再回到书房也接不上了。于是，三四十分钟的时间瞬间消失无踪，无论如何也写不下去了。被打扰这件事本身，和时间长短没多大关系。因此，最近我在尽量缩小交际范围，至少是，尽量不扩大现有范围,不再结识新知。过去虽然我讨厌交际,但是美人除外。若被介绍与美人相识,或者有美人到访,多多益善。如今,我却连这个也没兴致了。为何如此呢?喜欢美人,这一点直到今日也一直没变。但是,年纪大了,对美人的要求就变得特别麻烦。所以,普通的美人,尤其是属于当今最时髦类型的美人,在我眼中却一点不觉得美,反而只能催生不快。我自己私下里将佳人的标准定到极致,能符合的人真是宛如晓天之星,所以,根本不认为会随便出现。反而,若能和我至今结识的几位佳人今后继续保持交往,我就心满意足了。我的老年生活也会因此足够华美,不需要更多的刺激了。

拒绝访客的方法多种多样,最被经常使用的,应该是假装不在家吧。也许对于出去传话的女人或孩子来说,说一句"现在主人不在家",比起其他麻烦的借口来,是最简单的吧。但是,我不喜欢这个方法,所以,警告家人一定要将意为"主人在家,但不见无介绍信者"的话,尽量以殷勤的语气,让客人彻底明白。之所以如此,最主要是觉得,因为来客人而撒谎,实在让人郁闷。另外,若是房子小，一旦撒了谎，厕所也去不了，打嗝打喷嚏也不行。如果不明明白白地告知对方"即使在也不见"，那么人家又要两次、三次地来，交通又不方便，更给客人添麻烦。不过，如果出去传话的是寄宿的男学生还好；若是女子的话，我没吩咐她，她也总会说些亲切的应酬话，还会加上诸如"现在不巧，正在忙"等多余的话，反而容易模糊原意。"什么？生气也没关系，再跟他说清楚点"，我虽然这样吩咐，但有的客人会生气地质问，顽固地纠缠，女子在这时总不能断然解决。尽管如此，因我还是顽固地不见，传话人就要始终受夹板气。虽然从东京或者其他远地方来的，我不忍心拒绝，但还是一直严守"不见无介绍信者"这一铁律。这个之所以深受好评，是因为对以后有好的影响。访客中会有人说出与我相识之人的名字，并且说"我诚恳地拜托了某某先生"，或者"某某先生说给我写介绍信"等等，我就说："那麻烦你再去某某君处，把介绍信拿来。"之后，这种人通常就不会再来了。真正带介绍信来的人，我当然要见。我的朋友也都对此心领神会，很少介绍麻烦的客人过来。

不知道东京怎样，在京都，受邀参加聚餐的情况非常多。座谈会的话，倒可以理解，但并非如此，而是经常被专门邀请去聚餐。不过，一旦到了很多人集中出席的场合，自然就因交换名片而多认识人。这已经让我觉得十分麻烦了，再加上老人对食物的挑剔和对美人一样烦琐，所以，我并不觉得接受款待是值得感谢之事。然而，从战争至今，要想吃像过去那样的饭菜，必须请在饮食界特别有头有脸的人物带着，并且一定要花巨资，是我们普通人可望不可即的。因此，邀请方会觉得施与了我们极大的恩惠，并且认为我们去吃的人，一定也想趁机摄取养分吧。如此说来，最近似乎流行一种专门以"让人吸取养分"为目的、组合奇怪的饭菜。去年到东京时，受邀到某个近郊的饭馆，上的菜有金枪鱼生鱼片、牛排、天麸罗、炸肉排。还有，在一家乡村旅馆，晚餐居然端出了海鳗火锅，量多得惊人，次日早上又是牛肉火锅。原以为只有近郊或乡下才会如此，在京都市中心的旅馆，竟然也被迫吃到过这样的饭菜。这种组合既不能叫日本菜，也不能叫中国菜或西餐，让人不知所以。就是说，他们认为我们是平时只吃配给食品的，于是,想借此机会让我们多多吸取营养,所以才采用了这种组合。而且,这些都是无视做菜方法的、愚弄人的、卑劣的饭菜。我虽然不年轻了,但属于饭量大的,端上来的饭菜,只要不是太难吃,都会一点点吃完。因此,经常是吃饱之后,总觉得胃里塞满了各种无益之物,感到自己很贪婪。最令我气愤的是,因为当天的暴饮暴食,之后的两三天食欲减少,好不容易请家人亲手做了自己喜欢的饭菜,想在自家悠然享用晚餐,却只能告吹。营养过多的油腻饭菜,对老人的身体有害。所以,比起那些,我更喜欢使用醇厚的豆酱酱油制作的,符合自己口味的家常菜。并且,实际上,最近看来,比起一般街上的饭馆,自家的食材更让人放心。因此,油炸食物,若不是自家用无杂质的食用油制作的,我从来不会疏忽大意地去吃。总的来说,聚餐也是,我只想参加出席者唯我喜欢之人、饭菜让我中意、时间上不影响自己工作的。但实际上,即便是这样的聚会,我也绝对不是那么积极参加的。

(昭和二十三年七月记)

旅行杂谈

应该是德国人吧,我记得有一位外国旅行家曾经说过,日本最没有沾染西方习气的地方,在风俗、习惯、建筑等方面,最多的保存着古代日本美的地方,是北陆[①]的某处。于是,那个外国人一来到日本,就乐于去那里旅行,但是,又尽量不告诉别人到底是什么地方。他也写书,但在他的书中从来不提那个地方的名字。之所以如此,是因为一旦这个地方为人所知,恐怕城里人就会争先恐后、蜂拥而至,当地也会大肆宣传,增添各种设施,结果就失去了这个地方本来的特色。美食家当中,也经常有和这个外国人同样心思的,即使发现了好吃的饭馆儿,也不轻易告诉朋友。

---

① 日本北陆地区。福井、石川、富山、新潟四县的总称。——译注

说起来似乎心眼儿极坏,但是这样的饭馆儿,就是维持简朴的小店面经营才是最好的。一旦生意兴隆,马上会扩建得富丽堂皇。但是,随之而来的是,食材品质下降、做菜不讲究、服务不用心。所以,谁都不告诉,悄悄地自己一个人去吃,不仅能永享美味,也不会宠坏了饭馆儿。其实,在旅行方面,我也学习了刚才说的那位外国人的心得。自己喜欢的地方或是旅馆,除非是被特别亲近的朋友询问,我很少告知别人,更是绝对不写在文章中。说来确实很矛盾。偶然住过的旅馆,住着舒适,服务亲切,价格低廉,但是却没什么生意,不为人知。看到这种情况,出于感谢之心,就想帮着好好宣传一番,这是人之常情。更何况,像我这样以写文章为业的人,若故意隐瞒不予宣传,人家的盛情就会变得毫无意义,感觉自己是在以怨报德,所以有时深感内疚。但是,尽管如此,我还是一直坚持"不告知,不宣传"的方针。

举个例子,关西地区某县有个小城镇,自古以来就以萤火虫闻名于世。近来,此镇的宣传手段日益高明,每年初夏时节,都在京都大阪的报纸上刊载吸引人的广告。很多城里人被广告吸引,纷纷跑去捕萤观萤。但是,到那里一看,竟然没有一只萤火虫在飞。慕名而来者发现实际情况与广告大相径庭,就向镇上的人或旅馆女服务员询问。对方回答道"大概来早了一周","再过十天吧","再等半个月左右吧",等等。但实际上,当时已经是萤火虫的季节了,只要有,肯定不可能看不见。事实是,这个小镇已经没有萤火虫了。根据当地的古老传说,此地过去是观赏萤火虫的胜地,确实曾经有很多萤火虫。但是,近年由于游客增多,旅馆竞相建造高楼大厦,城镇日益发达,萤火虫遂逐年减少。为什么呢?因为萤火虫讨厌热闹的地方,尤其最讨厌电灯光。不巧的是,旅馆林立之处,电灯特别多。大门和走廊自不必说,庭前河边、附近的山脚下,到处灯光闪耀。灯光就像是专门驱赶萤火虫的设备,如此明亮,萤火虫无论怎么想飞也飞不过来,即使飞过来,它的光也被全部夺走,人眼根本看不见。这实在是欠考虑的招数。在当地人看来,为了招揽更多的游客,必须进行宣传。宣传之后,生意兴隆,旅馆数量增加,彼此展开竞争。于是,为了吸引客人,就不得不开着明晃晃的电灯。如此这般,只可惜，名胜变得有名无实。更滑稽的是，很多客人是受广告欺骗而来，为了避免这些客人的责难，有的旅馆竟然从别处捉来萤火虫，将那可怜的几只放在庭院里。此外，滋贺县有个叫作 M 的地方，因为是一种叫"源氏萤"的大萤火虫产地而闻名，近年也被大肆宣传。我虽然没有去过，但是听说那里每年向宫内省敬献萤火虫，应该确实有很多。但是，因为那里禁止捕捉萤火虫，若违反会被罚款，所以，在不能尽情享受捕萤之趣方面，与前者无异。

濑户内海中有一个岛，不知是属于广岛县还是爱媛县。到那里去，需从中国地区或者四国的港口出发，乘坐小型蒸汽船。来往别府的大船在那里不停靠，所以京都人和大阪人很少去。旅馆只有两三家，规模都很小。有在一楼经营杂货和食品的，也有看样子是以运货为主业的，住宿费都非常便宜。我喜欢濑户内海，某时，因为某事，偶然顺路到了这个岛。在等下一班船的时候，曾经在一家旅馆休息。我和同伴两个人，从早上七点一直到下午四点，独享二楼的一个房间。期间，我们吃了中饭，旅馆特意给我们烧了洗澡水，费用居然只有两日元，一人只花了一元钱。

虽然便宜，但绝对没有房间不干净、饭菜难吃的情况。因为在岛上，鱼特别新鲜。而且，四国是美味鱼糕的产地，不管到哪，只要吃鱼糕就可以了，在这个岛上也有卖伊予①产鱼糕的。我泡好澡，午睡了一会儿，感觉被子十分舒适。大多数旅馆的被子，只是被面用蚕丝或者茧绸，里面装的是旧棉花。因此，通常是看着漂亮，盖着厚重。但是，这家旅馆正好相反，被面虽是棉布的，里面却是新棉花。因为当时是冬天，睡觉时要盖两条被子，盖时心想肯定会很重吧，感觉却并不重，才知道被子里用的是上等的好棉花。由于这里所有的做事风格都甚合我意，于是问旅馆老板："这个岛上有海滨浴场吗？如果有，想带家里人来。"对方回答："有啊。有一对神户的西方人夫妇，每年都带孩子来。他们总是把这里的二楼全部租下，大概住上十天左右。"继续问了问，得知海边距离这里大概有一百多米，虽然没什么特别的设施，但确实有很好的海滨浴场。这个旅

---

① 伊予市。爱媛县中部，濒临伊予滩。盛产橘子、枇杷、蔬菜等，并以生产干鲣鱼刨片闻名。——译注

馆的二楼只是在走廊的左右各有一间客房,所以,就是全部租下来也没什么大不了的。老板说:"您要是来住的话,收您每位一天两日元。"于是,我暗暗想象着这家神户的西方人来这个岛上避暑的情景。恐怕他们也和我前面提到的德国人一样,出于同样的理由,没有把此处告诉任何人,只想独自享用吧。如今,有名的海滨浴场,几乎没有一处的海水是干净的。即使原本干净的海水,也因为太多的人游泳而变得污浊不堪。但是,据说这个岛的海水如透明般清冽,我想一定会很舒服吧。并且,从神户到这里来,不必乘火车,夏天尤其方便。而且,船票比火车票要便宜很多。这里的海滨特别幽静,脱掉衣服扔在旁边也不会被偷,也不用担心被人看见裸露的身体。不过,若是除了泡在海水里就没有其他娱乐的话,确实有些无聊。但是,众所周知,夏天的内海就像池塘一样平静,既可以自由地乘船游玩,也可以乘坐小蒸汽船抵达附近的小岛和四国、中国地区的海港。不管怎样,那位神户的西方人发现了很棒的避暑胜地,悄悄地享受了一番。有些人,天一热,就跑到云仙、青岛①，或者轻井泽等地，花掉大把的住宿费。和这些人相比，这位西方人要聪明多了。

我最近经常感到内心有一种需求，想到完全听不到电车和火车声音的地方去，希望至少能有一天悠闲地躺一会儿，思考一下。因此，我时常有旅行的欲望，但是，又觉得能满足这些条件的地方正在一个个地消失。打开地图看看便知，在狭长的国土上，铺满了纵横交织的铁路网，就像血管的前端有很多条分支一样，遍布各个角落。从这种寸土不留的状态来看，听不见汽笛声的山间幽谷，一直在不断地缩小范围。不幸的是，铁道部、观光局、游客服务处等宣传机构，又都在竭尽全力地吸引游客。因此，所有的名胜都失去了当地的特色，变成了城市的延伸。我不喜欢爬山，所以，没见过日本阿尔卑斯山热闹非凡的盛况。不过，山的美好，不正是能让人感受超越尘世的雄伟，呼吸未被污染的清新空气吗？不论是古人所追求的万变归一，

---

① 青岛，日本宫崎市南部的小岛。四周是经海蚀形成的泥岩奇观，被称为"鬼搓板"。——译注

还是体悟天地之悠久，悠游于神仙合一之境，不正是登山的乐趣吗？若是如此，如今的信越地区①被那样大肆宣传，就使其失去了山岳地带的意义。过去，小岛乌水②先生等人，第一次介绍那里的雪谷之美时，说富士山是几乎人人都去的恶俗之山，建议开发信越地区。然而现在，那里可能变得比富士山更恶俗了。登山者的歇脚处，本来叫"山中小屋"就可以了，非要说成"Hütte"，还建了叫"什么什么庄"的旅馆，感觉就像在东京市中心。想象一下就知道，这哪里是超越尘世之处，而是最充满世俗气息的地方。虽然是乡下，却似乎成了走在城市文化前沿的地带。因此，真正想触摸大山灵气之人，像从前的大峰山修行者一样，带着虔敬之心立志登山的人，只能尽可能物色不为人知的山岳地带。如何才能做到呢？首先展开地图，找到铁路网比较稀疏的部分，在这个范围内寻找高山或峡谷。当然，

---

① 信浓和越后。现在的长野、新潟两县。——译注
② 小岛乌水（1873—1948），日本近代登山者的先驱。创建日本山岳会并任首任会长。著有《日本阿尔卑斯》《山的风流使者》《登山家手记》等。——译注

这些地方的山并非名山，所以在山峰之高、峡谷之深、视野雄伟、风景秀丽方面，可能比不上阿尔卑斯山地区的山脉。但是，如果不以山高为贵，而是以远离人烟、逃离城市为贵，这种平凡的山水反而更具有山本身的韵味，更能洗涤沾满尘俗的身心。因此，并不仅限于山，比如我之前说到的萤火虫胜地、樱花梅花胜地、温泉、海滨浴场等也一样。要知道，凡是天下闻名的一流地方，多多少少都被破坏了，所以，还是到二流、三流的地方去玩，更能达到旅行和游览的目的。

　　因此，对那些想在旅行中享受深深的寂寥之感的人而言，宣传手段的发达反而成了妨碍。但是，有时也因此得到一些方便。比如，总体来看，最近游山比玩水更流行。从前，热也是海边，冷也是海边，患了肺病也去海边。但现在，夏天登山，冬天滑雪，又说肺病患者也需要紫外线，反正，都对山趋之若鹜。我对体育运动一向疏远，连近在眼前的甲子园看台都没去看过。一到冬天，各地滑雪场的积雪量都会在沿线的各个车站张贴出来，而且收音机也在广播。见此情景，不得不深感惊讶，这种事情值得如此大张旗鼓地宣传吗？正因为广播局和铁道部都这样大力吹捧，于是，那些为寒假去哪里而犹豫不决的人，就都纷纷前往积雪的深山。就是说，如今的宣传，具有将大批吵闹的游客归拢到一起，并将之扫到一个地方去的功能。前不久，听和气律次郎君[①]说，近来，由于纪州白浜大肆宣传之故，别府彻底变得萧条冷落了。我们原本就是喜好新鲜，容易一下子兴致高昂的民族，所以，若有一个地方敲锣打鼓，不断宣传造势，所有人都会一齐奔向那里，其他地方就变得门可罗雀了。因此，掌握这个窍门，将计就计，钻一下宣传的空子，趁着大家都往那里去的间隙，赶紧去相反方向的话，反而会成就快乐之旅。指出特定的某个地方，有违我的宗旨，我就不明说了。但是，大体上看，濑户内海沿岸的诸多岛屿，不正是因此被忽视的地方吗？冬天去那里，真是暖洋洋的。大阪和神户地区也暖和，但那边更温暖。一月末，梅花已经零星开放，人们已经在摘取艾草嫩

---

① 和气律次郎（1888—1975），新闻记者，翻译家。昭和初年起担任谷崎润一郎作品的编辑出版等。——译注

叶制作艾草饼了。而且，因为避寒的游客们都集中在白浜、别府和热海等地，这里的旅馆都幽静闲适，实在悠游自在。我特别喜爱赏樱，春天，若是不能欣赏到樱花盛开的绚烂景色，就觉得没有充分感受春天的氛围。不过，赏樱也需要沿用刚才所说的窍门。铁道部真是毫不马虎，在每年积雪融化、滑雪季节结束后，马上开始雄心勃勃地宣传樱花。赏樱专列必然是贯穿整个四月份的，此外，下个星期天哪里是最佳观赏期，哪里开放了七分等，都详细告知。所以，想安静地赏樱的人，只要避开这些地方即可。这样说是因为，赏樱并不一定非要去赏樱胜地。只要有一颗开得很美的樱树，就能在树荫下拉起帷帐，打开丰盛的多层食盒，悠然自得地体会赏樱之趣。因此，只要留意这样做，也能省却乘火车或电车的麻烦。比如，我就曾在居住的精道村后山一带，谁也不曾留意的山谷和高地中，发现了极美的樱花和极佳的赏樱处。

另外，只有这一点，我想悄悄地告知大阪地区的读者诸君。实际上，每年桃花开放时节，我最期待的事情之一，就是乘坐关西线列车眺望春天的大和路[①]。众所周知,往那里去的电车,一到赏樱时节,所有线路都客满,可能因为超载大批游客,速度极快的缘故,每次都会出现一些事故。这时,请尝试从凑町出发,通过某年曾经发生过塌方事故的一个村庄的隧道,经过柏原、王寺、法隆寺、大和小泉、郡山等小站,乘坐开往奈良的火车。乘坐大阪电气轨道只需四五十分钟的路程,这个线路的普通列车要花费一个小时零十二三分钟。但是,乘坐快车毫无意义,还是每站都停的火车更好。上火车后,首先令人吃惊的是,电车那么拥挤,而火车几乎就是空的,一节车厢的人数屈指可数。三等车厢也大致是这样,二等车厢更是如此。在慢悠悠行驶的火车座席上,伸展双脚,听着"咯噔"停下、又"咯噔"开动的声音,身体随着火车摇摇晃晃。云雾笼罩着大和平原,森林、山丘、田园、村落、佛堂佛塔,窗外的景色仿佛世外桃源一般,让人应接不暇,不知何时竟

[①] 大和路,大和是指现在的奈良县,大和路指从京都的五条口经过伏见、木津,到达大和的道路。——译注

然完全忘却了时间的流逝。何时到奈良？现在是什么地方？下站是哪里？这些都不必去在意，只有火车在不断重复着"咯噔"停下、"咯噔"开动的声音。窗外一直都是云雾笼罩的平原，让人有种夜晚不会降临之感。我尤其喜欢在春雨飘落的下午乘上这班列车。此时，身体慵懒无力，一会儿就迷迷糊糊地打起盹儿来。偶尔，因为火车"咯噔"地开动而睁开眼睛，只见玻璃窗笼罩着一层水蒸气，外面的平原上，濛濛细雨像小猫的绒毛一样，似乎比云雾更温暖地笼罩着大地，包裹着远处的古塔和森林。因此，抵达奈良前的一个多小时，让人感到无限的悠闲宁静。如果时间充裕，也可以绕个远，乘坐樱井线①列车到奈良去。途径高田、亩傍、香久上一带，停靠樱井、三轮、丹波市、櫟本、带解等车站。虽说是周游大和，但是，与其匆匆忙忙各处奔走，还是享受在火车上的几个小时更为美妙。而且，这几个小时仿佛是悠久无限的，此种感觉无与伦比，真的会

---

① 樱井线，西日本旅客铁道的铁道路线。从奈良县奈良市的奈良站到奈良县大和高田市的高田站。——译注

让你领悟到千金难买的趣味。可是，仅仅因为时间和费用上的一点差别，那么多人都挤进电车，我实在不理解。"加速"成了这个时代的流行趋势，不知不觉间，一般民众都对时间失去了忍耐力，不能专注、平静地沉浸于一个事物了吗？如果是这样，恢复这种平静也是一种精神上的修身养性，我建议大家去乘一次那趟列车试试。

从东京回大阪，我经常乘坐晚上十一点二十分，从东京站发车的三十七次列车。开往大阪的列车中，只有这趟车不是快车，但却有二等卧铺车厢。至今为止，哪怕在发车前才申请卧铺车票，也从来没有售完过。而且，我是买下铺，不论是春假还是年末，不管多拥挤的时候也一定能买到。好像大多数时候，即使上车之后，再买票也来得及。在东海道线的卧铺车中，应该只有在这趟车上，才能看到如此空空荡荡的景象。为什么呢？就是因为，它不是快车。这趟列车，在刚才所说的时间从东京出发，翌日上午十一点四十五分到达大阪，所以路上需要十二小时二十五分，比普通快车多花一个小时。实际上，在这趟车之前发车的七次列车，也就是开往下关的快车，晚上十一点从东京出发,到达大阪的时间是翌日上午十点三十四分,路上共计十一小时三十四分。虽然相差时间不多,但是,七次列车的旅客相当多。原因之一,旅客被快车之名欺骗,也可能因为,旅客不知道普通列车也有卧铺车厢。但是,恐怕最重要的,还是因为普通列车停站太多,"咯噔咯噔"地停停走走,让人觉得心急火燎吧。虽说如此,实际上,一上车就钻进卧铺,直到第二天早上七八点钟,对什么都是一无所知的状态。而且,从京都开始就不停了。所以,最让人心急的,就是从大府一带到京都这一段,大约三个半小时,停站也就比快车多了六站而已。如今,那些会算计的精明人,连这点耐性都没有,纷纷跑去买快车票,真是荒唐可笑。但是,正因为性急之人太多,那趟火车才会那么空,也就不觉得好笑了。不过,也有人抗议说,普通列车每次停停走走,都会被惊醒,无法入睡。所以,我不建议这类人乘这趟车。相反,也有人养成了这样的坏习惯,只能在摇摇晃晃如卧铺车的床上才能睡着,甚至有在自家床下安装马达的极端人物。我倒不至于如此,本来我就非常容易睡着,所以在火车上也睡得很香。乘坐开往东京的夜车时,火车经过箱根的山脉都一无所知,一直睡到横滨,有时列车员要叫我两三次才醒。事实上,从去年末开始,我已经去东京三次了,但是直到前几天,从燕市回大阪时,才第一次看到丹那隧道。因此,这趟三十七次列车,对我而言实在太合适了。不仅能悠然熟睡,第二天早上睁开眼,也无比舒畅。我一般在早上八点左右醒来,列车到达名古屋附近,途中几乎没有新的乘客踏上这列"咯噔咯噔"慢车的二等车厢。并且,因为是卧铺车,一个人占据着宽敞的铺位,随意伸展腰腿,没睡够的话还可以再接着睡。而且,这一带正好是从大垣、关原、柏原、醒井到米原的路线,从琵琶湖沿岸到大津的风光,虽然看了多次,仍然百看不厌。这可能是我个人的感想,总的来说,乘坐东海道线从东京回大阪,从车窗望去,一直到名古屋,房屋的建筑样式和自然风光都是东京的气息。但是,一过名古屋,就完全没有了东京的痕迹,让人清晰地感到进入了关西的势力范围。因此,在卧铺车中熟睡一夜之后,一睁眼,外面已然是关西的景色,清晨的美妙心情无以言表。可能也因为,反正我去东京也没什么重要事情,在东京时,总过着慌张、脏乱的生活。至此,这种生活戛然而止。在请列车员帮忙收拾床铺后,我总想再接着睡上一觉,但是,关原一带种着很多柿树的村落、农家的白墙,开始若隐若现。于是,又着迷地欣赏起风景来,忘记了睡觉。还不止于此,说实话,因为好几天没看大阪的报纸,特别想看,就请列车员在名古屋站帮我买了。但是,此时连报纸也不想看了,就一直靠在车窗边。火车从大垣出发后,途径醒井,停靠了米原、彦根、能登川、近江八幡、草津、大津,一共六站。但是,我一点不觉心急,也不觉无聊。在燕市一带,火车以极快的速度行驶,我反而觉得很可惜。不过,在经过关原时,火车开得很慢,可以清楚地看到彦根城的城楼、安土和佐和山一带的地势,令人欣喜。带着孩子一起乘车,至少需要这样缓慢的速度,否则,很难给孩子讲解沿途的史迹。于是,我产生了如下想法,快速旅行是在短时间内,尽可能远行。相反,慢速旅行是尽可能多花时间,游览小范围风景。是否应该对后者稍加奖励呢?通过慢速旅行,我们对以前一直视而不见的土地,会产生意想不到的兴趣。虽然不能全部徒步,但是,很小的地方也懒得走,一定要开车，这个毛病最不好。那样的话，不仅全无旅行之趣，也不会对任何地方留下印象。

顺便说一下，乘火车每每感到不快的是，乘客缺乏公德心。关于这一点，很多人提醒并倡议过，特别是《大阪朝日新闻》的"天声人语"栏目作者，更是多次发出警告。说来也是，大阪人在这方面确实比东京人还要不讲究。我最近在很多事情上都偏袒大阪人，唯独这一点，的确比东京人逊色。实际上，就连大阪人本身，在其他地方旅行时，也讨厌碰到大阪人。为什么呢？一家人都在二等车厢，旁若无人地占据着宽敞的座位，举止粗俗地吃吃喝喝，毫不顾忌地大声聊天，把橘子皮和吃完的饭盒随便乱放，和素不相识的人打招呼，还有什么种族能做出这种没教养的行为呢？那一定是大阪人。其他地方的人可能不知道，若同样是大阪人，立刻就能知晓。赏樱时节，乘坐大阪电气轨道的电车和京阪电车，你肯定会看到大阪人的粗鲁野蛮行为。即使他们到了外国，也毫不在乎，如法炮制。在本地的郊外电车上，大家都这样，也是无可奈何之事。但是，出门旅行还看到这样的行为，大阪人的缺点暴露无遗。于是，哪怕是同乡也对此痛恨不已。不过，东京人也没资格嘲笑大阪人。总之，缺乏公德心，脱胎于遥远的封建时代，由来已久。并且，还与我国淳朴的民风民俗密切相关。因此，应该酌情理解，逐个彻底矫正并非易事。尽管如此，一看火车上的情形，说什么日本是亚洲盟主、三大强国之一，日本人是一等国民，完全不是那么回事。也有人说，二等车厢的旅客，比三等车厢的更粗鲁。如果多少应该有些教养的人，也和一般大众一样丑态百出，那么，给人的不快也会更甚。比如，虽说确实是一些小事，但是，去餐厅也好，去厕所也罢，没有一个人能把通道门好好关上的。若是冬天，哪怕是一点点缝隙，寒风也会飕飕地吹进来，更何况离厕所近的话，吹进来的风都有臭味，此事一目了然。但是，走过去的人都是随手一关，连头也不回，门敞开着两寸左右的缝隙，必须有人再去重新关一次才行。坐在出入口旁边的人就倒霉了，不得不反复去做这件事。想着，怎么只有自己这么倒霉呀，气愤难耐。但是，不去关紧的话，总是第一个吹到寒风和臭气，无论如何都要去关上。恐怕谁都有这种恼人的遭遇，但是，走过去时，依然满不在乎地给人添麻烦。最可恨的是，一行人从餐车回来，嘴里叼着牙签什么的，一个接一个地通过，最后一个人竟然不关门。他可能以为后面还有人，敞着门就走掉了。此外，火车的厕所具有用后立即冲洗的设备，并且还写有提醒文字。但是，真正做到用后冲洗的，恐怕连百分之一都没有。不，岂止如此，在盥洗室洗好脸后，连脏水都不冲掉，后去的人必须要先冲掉前一个人留下的脏水。这与上完厕所不擦屁股有何区别？因此，根本没必要用公德心这样费解的词句，这就是常识问题。但是，竟然谁都不觉得奇怪，也不害羞。不得不说，我们真是莫名其妙的文明国民啊！当然，日本人的恶习，并非仅限于火车上，但是，火车上是最明显的。就连在其他场合恪守礼仪的人，一上火车，就会立刻忘记平时的修养。这实在令人匪夷所思。

　　冬天旅行，最苦恼的是，火车、轮船、宾馆、旅馆、电车和汽车等，有的有暖气，有的没有暖气。并且，温度都不一样，很容易感冒。带着柔弱的妇女小孩同行，尤其担心这个。不过，有时也受不了大楼里的冷气设备。因此，现代设备的便利所带来的不便，是城市生活中十分常见的现象。旅行期间，有时就在一天当中，也会极频繁地遭遇温度的变化，而且，完全都是突如其来的。记得某年冬天，我乘过晚上十二点从高浜开往别府的轮船。船上有两三个空房间，服务生带我们到一个房间，说："这一间是最暖和的。"房间里的暖气开得很足，感觉非常热。但是，想想反正睡下就没事了，尽量少穿点就躺下了。谁知暖气温度越来越高，热得昏昏沉沉，就像蒸桑拿一样。没办法，只好把内衣都脱掉，光着身子穿件浴衣，毛毯也不盖，但还是热得冒汗，翻来覆去地折腾了一晚上。本来，船舱狭小，通风又差，再加上靠近锅炉，即使没有暖气也可以忍受。如果认为把船舱弄得这么热，是对旅客的优厚待遇，我只能怀疑他们有没有常识了。还有一次，从濑户内海的一个岛到另一个岛，乘坐一艘不足五百吨、不带船舱的小蒸汽船。船上人员混杂，热得我几乎要呕吐，汗珠子啪嗒啪嗒直掉。心里想着，回来时还要被蒸煮一遍。没想到回来的船乘客少，可能为了节约暖气，偌大的房间只放着一个火盆，里面的煤球都快熄灭了。再加上船的三面都是窗户，寒风从窗缝灌进来，冰冷刺骨。这样急剧地忽冷忽热，再怎么小心也会感冒。总体来看，太热比太冷的情况多。火车也一样，东海道线的快车，暖气都开得很热。晚上倒是不觉得太热，但是，白天天气好的时候，光是玻璃窗透射进来的太阳热度就足够了，再加上那么多人在一起，就更热了。就不能稍微调节一下暖气的温度吗？我本身就容易上火，比别人更难受。希望铁道公司想一想，现在大多数日本人，住的是没有暖气设备的房子。一想到那闷热的感觉，冬天，我就不想来回都乘坐白天的东海道线。从就中、名古屋到静冈、沼津的一段时间，下午强烈的日光照射进来，而且，正好是最无聊的时候，完全就像被热气蒸煮一样，既无力气看报纸杂志，也无兴致欣赏窗外风景，只能打瞌睡。这种瞌睡，并非源于春风骀荡的情绪，睡醒后，反而让人觉得疲倦。此外，可能不少人会因此嗓子疼、头痛，甚至头晕。如此说来，每当看到西方人在闷热无比的室内工作，谈笑风生，我总是惊诧不已。说不定，日本铁道部仍然残存着明治时代的殖民地根性吧。那就是，较之日本人，更愿意迎合西方人。

年轻时候，觉得西式宾馆也不错，但是，上了年纪，在很多方面都更依恋日本旅店。我也曾经有一阵子，甚至都不去没有西式宾馆的地方。可是，现在正好相反，哪怕是忍受一点不便，也要选择日本风格的。不，正是因为忍受些许不便，才能体会不可言传的旅行之趣。过于周到仔细的都市化服务，反而让我觉得不自在。所以，要在陌生的地方住宿时，我要先打听一下，看看当地的旅行指南，查阅两三家旅馆的名字，先在这几家前面观察一番。即使是从车站乘汽车去，也决不让司机停下来，而是从两三家旅店前开过去，看了外观后再决定住哪一家。傍晚，到达目的地后，心想，等待自己的是怎样的旅店呢？感受着淡淡的乡愁、好奇心、疲劳和饥饿。乡间小镇，灯光亮起，漫无目的，独自徘徊。住在哪里？还没决定。徘徊在十字路口，伫立在桥头。那是怎样的情绪，怎样的心情？青年时代曾经到处行走的我，如今依然期待着那种令人感伤的黄昏，这正是让我踏上旅途的魅力。那么，我最喜欢什么风格的旅店呢？比起过于现代化的，我更喜欢有点落后于时代的,就像默阿弥①的世态剧、长谷川伸②君的赌徒戏里出现的。简言之,不是"旅馆",而是别有风情的"客栈",才格外让我心动。然而,当地曾经以旧布帘为荣的一流旅店,都在渐渐地从客栈变成旅馆。这些旅店保留着祖辈传下来的古朴建筑,又在旁边建造了称作"别馆"的新建筑。我不喜欢这种新建筑。旅店,还是要房檐深深,横向宽阔,面向街道。一进门,横框的正面就是宽敞的楼梯,从二楼的栏杆就能俯瞰街上的行人。而且,建筑要尽可能威严庄重。比如,像古市的"油屋"③和琴平的"虎屋"④那样就很好。不过,有时也想在冷清的火车站或者停车场前寒酸破败的小旅舍住上一晚。房间所用的木材,较之新的,我更喜欢黑亮的,有种深深的沉静感。凭借它,能令人想起

---

① 河竹默阿弥(1816—1893),歌舞伎剧作家。擅长现实题材,乃歌舞伎之集大成者。作品有《天衣粉上野初花》等360部。——译注
② 长谷川伸(1884—1963),小说家,剧作家。在《大众文艺》等杂志上发表多部以流浪赌徒为主题的小说、剧本。著有剧本《记忆中的母亲》《侠客救恩人》等。——译注
③ 古市,三重县伊势市的古市町。"油屋"为江户末期古市的一家妓馆,进入明治时期后改装成旅馆。——译注
④ 琴平,香川县仲多度郡琴平町。"虎屋"为当地迄今具有400多年历史的旅馆。——译注

此处的历史和传说。不过，这种旅店设备陈旧，有种种不便，必须做好要忍耐的心理准备。首先，暖气肯定没有。不管多冷，也别指望有比被炉、地炉或者热水袋高级的东西，厕所也不可能是冲水的。一天附带两顿饭，色彩倒是丰富，但通常很难吃，也就是上方话的"没味儿"。但是，有时代感的壁龛立柱，书房和檐廊的拉门样式，天花板上的楣窗和楼梯栏杆的雕刻，庭院的青苔、灯笼和花草树木，让你万事随意、完全放松的客厅，这些都是美味。而且，也只有这样的旅店，不讲究其他，却对壁龛装饰极为用心，在挂轴和插花上暗中花了很多心思。我以前经常住的山阴地区某市的旅店，因为近些年那里建了很多新式旅馆，似乎生意不大兴隆。不过，你打个电报后过去，会发现壁龛摆放的是新插花。那不是简单随意、不重技巧的投插式，而是在漂亮的广口金属花器中，将枝条精心调整为"天地人"姿态的流派式插花。一问女服务员，才知此花是旅店老板所插，其人深谙未生流①插花。的确，这种插花，就应该是落后于时代的、乡间旅馆男主人的把玩。即使别无其他，因为有这典雅的插花，也会让客人体会到周到、讲究的待客之道。此外，书桌、衣架、凭肘儿、烟灰缸、火盆、砚台盒等，绝非新做的伪劣仿制品，件件坚固结实、古朴大方。并且，店家也不像最近东京那些饭馆，一味地卖弄这些物件的古董价值。他们只是觉得，这些物件从祖辈传下来，用旧了，可能不符合现在的喜好，但因为还能用，也就暂且凑合了。只是，在这种旅店，你会感到多有不便。比如，你不在时有客来访，店家不会转告。有事拜托他们，也颇费周折。一大早就来打开防雨板，会把你吵醒。必须记住，你是为了培养忍耐力、练习慢性子而来住的。我尽量不在冬天住这样的旅店，虽然我不是很怕冷，但因为住下去就什么都要忍耐，结果总是会感冒。

　　住日本旅店，有一点让人深感无趣。那就是女服务员

---

　　① 未生流，日本插花流派之一。江户时代后期文化年间，山村山硕（未生斋一甫）创立。——译注

出入房间时，总是将拉门敞开着。这与前面说的火车通道门是同样情况，是日本人的恶习，平常在一般家庭里也很常见。但是，旅店里住的都是互不相识的客人，房间又都挨着，所以，还是希望她们在这方面的神经稍微敏锐一些。她们走进外间后，对里间的客人说话时，很少有人把面向走廊的拉门关上的。这也罢了，离开时也竟然敞着门就走了。上菜倒酒时，每次开关确实很麻烦，但是，往来厨房期间也一直开着房门，这个没道理吧。首先，外间放着衣服和随身物品，别人从走廊看到的话，很不安全。不止如此，冬天的话，开着门就更冷了，实在让人生气。本来房间里就没有火炉，很不容易暖和，添了木炭，打开被炉，才勉强熬得过去。女服务员一进来，又要冻得发抖。更何况，从走廊经过外间，再到里间，有两扇拉门，竟然一扇也不关。在冬天住旅店的话，十有八九会吃这种苦头。我总感到疑惑，这么简单的事情，平时为什么不教导一下呢？另外，还有一点奇怪的是，你若询问火车轮船的运行情况，游览路线，当地的旅游景点等，没有一个服务员能干脆利索地回答你。不论问什么，她们都会说："不清楚，我去问问领班。"确实,与其回答错误,最好还是去问问。但是,我又没问什么难题,无非是到某个地方有几里路,乘汽车要花多长时间多少钱等,只要是在当地长大,有小学文化的,都应该知道才是。用餐时,女服务员在旁边守候着,反正也没别的话题,就随口问问,可是,能流畅回答的绝无一例。她们嘴里含糊地说"这个嘛",低着头不好意思地笑笑。这种情况下,哪怕是澡堂里搓澡的,反正如果是个男人的话,还能稍微懂一点。女人本来就对地理历史不感兴趣,只要别人不教她,即使是自己生长的土地,也不想主动去了解。这也说明,旅店的女服务员从外地来的特别多,当地人很少。但是,不管怎么说,在教育普及的今天,这么简单的问题都不能回答,这本身就是不合情理的,因此,希望旅店老板或者领班一定多加重视,教育服务员了解当地常识。并且,不能只是口头传授,可以偶尔组织郊游,首先让她们看看附近的名胜古迹,进行一些兼具慰劳形式的实地教育。既然是接待客人的服务行业,难道不应该有这样的举措吗?

曾经听西式宾馆的经营者说,西方人不能容忍丝毫的过失,如果不满意,马上斥责。相反,日本人多半会忍耐,因此,反而更不好办。总之,现代的思维方式是,旅行就要尽量舒适,就像在自己家里一样,安逸,"at home"的感觉。因此,旅馆为了尽力满足客人的需求,当然要在设备上展开竞争。但是,我觉得,我们还是不能抛弃自古就有的"人不磨不成器"的思想。以出门旅行为契机,改掉挑食、睡懒觉、运动不足和其他恶习。至少在旅行时,不应要求太多,要养成克服困难的习惯。我因职业关系,渴望转换心情、变化环境,有时需要将自己从日常生活的连锁中分离出来。所以,出游时经常会改变服装和名字,乘坐三等火车或轮船,住便宜旅店。实际上,做我们这一行的,一到乡下去,经常会被当成宣传工具,报社记者和文学青年也会用好奇的眼光盯着我们。在这方面不加小心,就不能享受孤独之旅。一旦改变了姓名和穿着,完全就变成了另外一个人,自由行走在广阔世间,这本身就颇有意思。我生来腼腆,被人知道是小说家并被称作"先生"的话,很容易难为情和紧张。变个名字出门的话,到哪里都能自由地与人交谈,还会结识意想不到的旅伴。因此,我特别喜欢乘坐轮船的三等舱。远洋旅行去欧美是什么情况，我不大了解。开往纪州和濑户内海一带的轮船上，若是乘坐一等船舱，又要和船长、事务长打招呼，又要和同舱的人交换名片，实在麻烦。三等舱的话，随便坐在人员混杂的大船舱里，谁也不会在乎你，真的十分放松。这时，我旁边有乡下的老大爷、老奶奶，还有像是请假回老家的年轻女帮佣。我听着他们聊天，感兴趣时也会主动说上几句。看起来，从四国一带到大阪和阪神沿线的女帮佣比较多。乘坐开往别府的三等船舱，经常会遇到一群这样的姑娘。想来，偶尔尝试三等舱旅行，观察不同的世界，这不仅对于小说家，对于政治家、实业家和宗教家而言，不也大有必要吗？

厕所杂说

给我留下难以忘怀的印象,至今仍然时常想起的厕所,是大和(奈良县)上市一家乌冬面馆的厕所。突然内急,麻烦店里的人带我过去。厕所在店面后头的内宅,面向吉野川的河滩。这种沿河而建的房子,一般都是往里走的话,一层变成两层,下面还有一个地下室,这家乌冬面馆也是如此。厕所在两层,蹲在那里,俯瞰遥远的下方,有点头昏眼花。河滩上的泥土和绿草,菜园里盛开的油菜花,飞舞的蝴蝶,往来的行人,都历历在目。就是说,这个房子只有厕所是从二楼向外伸出,悬在河滩边上的。因此,我蹲着的地板下面,除了空气别无一物。从我的肛门排出的固体,从几十尺的上空落下,掠过蝴蝶的翅膀和行人的头,掉进粪池。这下落的情景,从上面清晰可见,但是既听不到"青蛙入水声"①，也闻不见臭气。最重要的是，从那么高的地方往下看，一点看不出粪池的污浊。于是想，在飞机上如厕，是否也是这种感觉呢？粪便下落之处，蝴蝶在翩翩飞舞，下面就是真正的菜园，没有比这个更风雅的厕所了。不过，这种情形，如厕之人还好，倒霉的是下面的行人。此处是宽广的河滩，每家人家后面都有菜园、花坛、晾晒衣服的地方，人来人往，不可能始终留意头顶上方。如果不在旁边立一个木桩，上写"此处上方有厕所"，一不留神就可能从正下方经过。于是，说不定什么时候就会接受一回"牡丹饼"洗礼吧。

城市的厕所在清洁方面无可挑剔，但是没有这种风雅趣味。乡下土地广阔，周围树木茂密，通常住的地方和厕所是分开的，其间有走廊连接。据说纪州下里的悬泉堂（佐藤春夫故乡的房子），建筑面积不大，但庭院有三千坪②。我是夏天去的，长长的走廊伸向庭院，厕所在走廊的

---

① 此处作者引用松尾芭蕉的俳句，幽默感骤增。芭蕉原句："古池，青蛙跃入，水之声。"——译注
② 坪，日本度量衡的面积单位。1坪约等于3.306平方米。——译注

边缘，被茂密的绿荫遮蔽着。如此，臭气瞬间四散到周围清新的空气之中，如厕就像在凉亭中休息一样，毫无不洁之感。总之，厕所应尽量建在靠近泥土、亲近自然的地方。就像在草丛中一边仰望晴空一边出恭，越简陋原始，越心情舒畅。

已经是二十年前的事了，画家长野草风从名古屋旅行归来时说道，名古屋的文化很先进，市民的生活水平也不逊于大阪和京都。为何有此感想呢？说是受邀去各家做客时，闻其厕所的气味便知一二。据他说，不管厕所打扫得如何干净，还是会有些气味。那是除臭剂、大小便和院子的杂草、泥土、青苔混合在一起的气味，并且每家的气味都略有不同，雅舍则有雅味。因此，从厕所的气味就大致可以了解主人的性格，想象他们的生活。总体来看，名古屋上流家庭的厕所都优雅脱俗。确实，经他这么一说，厕所的气味中，确实伴随着一种令人怀念的甘甜回忆。比如，你长年远离故土，多年后回到老家，只有闻到过去熟悉的厕所气味时，幼时的记忆才会一个个苏醒，让你内心真正涌起"回家了"的亲近感。常去的餐馆或茶室，也有同样的感受。就算平时已基本忘记，但偶尔过去，一进厕所，在此度过的欢乐时光就会浮现，往昔的放荡心绪和烟花情怀徐徐涌动。并且，说来奇怪，我觉得厕所的气味具有安神的功效。众所周知，厕所适合冥想。但是，在如今的冲水式厕所里，就很难做到这一点了。之所以如此，无疑有其他各种原因。但是，冲水让厕所变得过于清洁，以致没有了草风所说的优雅脱俗之气味，这才是最大的原因吧。

志贺君[①]曾说，他听已故的芥川龙之介讲过有关倪云林[②]厕所的故事。云林是中国人中鲜有的爱洁成癖者。他搜集很多飞蛾翅膀[③]，放入罐子中，置于厕所地板下，粪便落入其中。就是说，铺开的飞蛾翅膀取代了沙土，起到了遮盖的作用。飞蛾翅膀非常轻柔，掉落的"牡丹饼"立刻就会被埋没不见。从古至今，大概再也没有比这个更高级

---

① 志贺直哉（1883—1971），小说家，"白桦派"代表人物。著有《在城崎》《和解》《暗夜行路》等。——译注

② 倪瓒（1301—1374），元末明初画家、诗人。号云林子。江苏无锡人。与黄公望、王蒙、吴镇合称"元四家"。存世作品有《渔庄秋霁图》等。——译注

③ 查阅中文相关资料，倪瓒所用应为"鹅毛"，而谷崎此文中却变成了"蛾翅"。具体原因有待考证。——译注

的厕所设备了吧。无论粪池做得如何漂亮，打扫得如何干净，想象之下，仍觉污浊不堪，唯有飞蛾翅膀的遮盖，感觉美好。粪便自上而落，无数翅膀一下子如烟雾般飞舞起来，闪着金褐色的光，就像一片片干燥轻薄的云母。于是，不知不觉间，那些固体物已经被这些碎片吞没，不论你之后如何想象，也毫无不洁之感。更令人惊奇的是，搜集这些翅膀所耗费的工夫。虽然在乡间的夏夜，飞蛾众多，但是，要用于刚才所说如厕之事，所需翅膀何其多！并且，每次用完之后，必须要一遍遍更换新的吧。因此，恐怕需要大量人手，在夏天捕捉成千上万只飞蛾，储备一年之需。如此奢侈之事，非昔日之中国所不能也。

倪云林之苦心，在于绝对不能看见自己排泄之物。当然，即使是一般的厕所，如果不愿意看，只要不看就可以了。但是，因为这并非什么"可怕之物"，也就是"污浊之物"而已，既然可以看见，可能一不留神就看见了。所以，最好还是用某种设备使之看不见为好。最简单的方法就是使地板下面一片漆黑。这并不麻烦，只要把便池口的盖子盖紧，不要让它松动，就足以挡住光线。不过，最近有些人家不大注意这个。此外，让地板离粪池尽量远些，上面的光线就不会到达下面了。

如果是冲水式厕所，不管怎么讨厌自己的排泄物，还是会看到。西式坐便还好，尤其是日本蹲式马桶，冲水前，秽物一直盘踞于臀下。若是吃了不易消化的东西，马上就能发现，倒是达到了保健目的。但是，细想之下，实在不成体统。至少，我不希望云鬓花颜的东方美人到这样的厕所去。对于自己的排泄物是什么样子，贵妇人们还是不知道为好，哪怕是说谎，我也希望她们佯装不知。因此，假如按照自己的喜好来建厕所，我还是避开冲水式，采用老式风格。可能的话，将粪池置于远离厕所的地方，比如后院的花坛或者菜园附近。就是说，在厕所地板和粪池间制造一定的坡度，用陶土管道将污物输送过去。这样的话，地板就没有了采光口，一片漆黑。引人冥想的脱俗气味儿可能若隐若现，但绝不是让人不快的恶臭。而且，不在厕所下方淘粪，就不用担心有出恭当中仓皇逃走的窘态。如果家里种菜养花，这种将粪池分开处理的方法更方便积肥。我记得大正时期的厕所就曾是这种样式的，如果是土地广阔的郊外，相比于冲水式厕所，我还是推荐这种。

小便的地方，在漏斗形小便器中放入杉树叶，最富雅趣。不过，不尽如人意的是，冬天会升起大量水气。因为有杉树叶，应该流走的东西没流走，而是慢慢从叶缝滴落。小便时，温吞吞的水气扑面而来，出于自身尚可忍受，如果碰巧前一个人刚刚用完，则必须耐心等待水气散尽。

有的饭馆或者茶室，焚烧丁香来除臭。我觉得，还是用传统的樟脑或者卫生球，使之保留一种厕所特有的风雅气味更好，不必使用过于芳香的香料。因为檀香被用作性病药物后，就变得一点也不珍贵了。说起丁香，在过去，总是与香艳的联想相随，将它与厕所联系在一起，实在有伤大雅。哪怕是丁香浴，也不会有人敢去泡了吧。吾爱丁香之香，特此忠告。

"我想去厕所"用英语说是"I want to wash my hands"，这个在学校学过，但是，实际生活中会怎样呢？我虽然没去过西方，但在中国的天津住过英国人开的宾馆。当时，我小声问服务生"Where is toilet room?"，却被大声反问"W·C?"让我不知失措。比这更苦恼的是在杭州的中国人开的宾馆里发生的一件事，因为突然感觉要拉肚子，一说"厕所在哪"，服务生马上就带我过去了，可不巧的是，那里只有小便处，我一下子呆住了。因为在学校没学过"大便处"的英语怎么说。试着提示说"另外一种"，服务生却领会不了我的意思。其他事情的话，还可以用手势努力说明一下，唯独这个，实在没有勇气做手势。但是，肚子又越来越不舒服，实在难受极了。有此痛苦经历，就决心一定要记住此种情况的英语说法，然而，实际上，时至今日，尚不知晓。

有时不小心打开了正在使用的厕所，不由吃惊地喊出"哎呀，有人！"这个用英语怎么说呢？这个问题，在很久以前的某次聚会上，近松秋江①曾经提出过。可能秋江在宾馆或者其他地方的厕所里听西方人说过，当时就告诉了我，此时应该说"someone in"。自那以后，二十多年过去了，至今尚无机会实际应用这句英语。

---

① 近松秋江（1876—1944），小说家。本名德田浩司，冈山县人。名著《文坛闲话》是日本印象批评的先驱。另著有《给分手的妻子的信》《黑发》等。——译注

改造社职员浜本浩①君到京都出差时，曾经到过我在冈本的家。回去时，乘坐梅田开往京都的火车。上厕所时，因为关门太用力，门把手的金属零件掉落，门打不开，出不去了。不管怎么大喊，怎么敲门，在行驶的火车中也没人听到。无奈之下，心想反正暂时也出不去，就捡起掉落的金属零件，用其尖端"哐哐"地敲门。据说，后来终于引起某个乘客的注意，告知了乘务员，在到达京都前打开了厕所门。听说这件事后，在使用火车的厕所时，我一直特别小心，不用力开关门。普通列车的话，还可以在下一站停车时打开车窗求救。要是在夜行快车上遭遇此等尴尬，那不知要煎熬多少个小时了。

---

① 浜本浩（1891—1959），作家，改造社编辑。曾负责谷崎润一郎作品的编辑出版，获知遇之恩，成为作家。——译注

解　说

吉行淳之介

　　时隔三十多年，再次捧读谷崎润一郎的《阴翳礼赞》。第一次读还是在可以称作少年的年龄，那时觉得，这本书教会了我从有趣而深刻的角度去思考问题。此次再读，各种各样的联想和想象得以进一步扩展开来。

　　我虽与烟花柳巷无缘，不过，也曾受邀到过柳桥①一带。最近的艺妓，几乎没有梳传统的日本发髻的。但是，在立春前一天或者盂兰盆节放河灯的时候，可以看到和往昔日本女性一样的身影。这时，我感到最不舒服的是，从那涂得雪白的脸庞中，偶尔会窥见发黄的牙齿。让人感到不洁、可怕、不美观。在读《阴翳礼赞》的过程中，我才注意到，艺妓的那种化妆，无疑是过去时代的产物。那是

---

① 柳桥。东京都台东区东南部的地名。源自神田川和隅田川汇流点上游的桥名。江户时代以后，作为花街柳巷得到发展。——译注

我国的照明还只有烛台或者灯笼，因此那是房间极为昏暗的时代。也就是说，在昏暗中才能产生效果，才会显得美观的化妆法。

现在的照明，必定都是电灯，因此，人们就不可能明白这一点，我对自己的发现非常得意。文章在之后出现了与此相近的部分。"（略）尽管歌舞伎旦角不佩戴面具，但看了也没有真实的感受。这都是歌舞伎的舞台过于明亮的缘故。在没有现代照明设备的时代，在蜡烛和油灯微弱光线的照射下，当时歌舞伎的旦角或许稍微接近实际吧。（略）即使是过去的旦角，如果站在如今明晃晃的舞台上，那男性的生硬线条也必定显露无遗，而过去的暗淡光线恰到好处地将其隐藏了。"

照明的变化，会改变人们对于事物的感受。关于此点，再举一例。我从小就讨厌羊羹，但是，谷崎先生这样写道。"将冰冷滑腻的羊羹含在口中时，人们会感觉室内的黑暗仿佛变成了一个大大的糖块，在自己的舌尖融化。于是，哪怕是口感不佳的羊羹，也会平添一层奇妙而深沉的美味。"真是精彩的想法和表达。读到这里，我也能想象出那种感受。只是，恐怕我按此步骤，将羊羹放入口中时，仍然会想"这个点心，我还是不喜欢"吧。这纯属个人喜好，无关紧要。这一节写得确实精妙。

关于羊羹的这种想法，在电灯照明变得理所当然的现在，是无论如何也不会浮现在脑海的。换言之，在照明从传统转向现代的变更时期，是有人煞费苦心的。谷崎先生也曾为了在房间装什么样的电灯而绞尽脑汁。我对这些完全不去考虑，只想着讨厌荧光灯就一个也不装啦，什么样的电灯好看啦，等等。

对此，谷崎先生当然也是知晓的，其中有一节写道："我很清楚，以上的想法只是小说家的空想，时至今日，不可能回到过去重新再来。因此，事到如今，我说的这些只不过是痴人说梦，空发牢骚而已。"但是，收录在此文库本中的一系列作品，并非只是发牢骚。

人类对于各种各样的新鲜事物，即使最初有违和感，大部分都会逐渐习惯。不论是日式厕所或者冲水式厕所；金属或者木材；玻璃或者纸，只要习惯了，就不会那么计较了。但另一方面，"日本人不管皮肤多白，白中总有些微阴翳",正如谷崎先生有关肤色的见解,我们的体质天生就对"阴翳"具有敏感反应。谷崎先生着眼于东方人和西方人的本质差异,冷静地分析各自的优缺点。虽说题目是《阴翳礼赞》,但既非过分赞扬东方美的文章,也非源于白人自卑感的挽回颜面之作。

据说,曾经风靡一时的藤原义江①,为了成为歌剧演员,到意大利进修时,发现连街头歌手都远比自己唱得好,心灰意冷,黯然回国。其实,并非只有嗓音洪亮、放声高歌才是歌唱,我国的长调②、端曲③、小调④,或者义大夫⑤的发声方法,就是西方人不能掌握的。各有千秋。

西方老人的死,就如大象老去,庞大的身躯逐渐衰弱,

---

① 藤原义江(1898—1976),男高音歌唱家,生于山口县。创设藤原歌剧团。人气极高,被日本人称为"我们的男高音"。——译注
② 长调,日本三味线音乐的一种。作为歌舞伎音乐产生并发展于江户。原是舞蹈伴奏曲,但也有不伴舞只演奏的。——译注
③ 端曲,日本三味线音乐的一种。起源于江户中、末期江户城内流行的通俗音乐。——译注
④ 小调,用三味线弹拨伴奏的小歌曲。源于江户时代末期流行的端曲。——译注
⑤ 义大夫,净琉璃的别称。日本传统音乐中的一种说唱故事,在三味线伴奏下说唱。——译注

然后"扑通"一声倒下。日本人的死,就像植物日渐枯萎。这是难以消除的体质上的差异,同时,不同的体质也显露出各自的优缺点。总之,日本人的体质与"阴翳"密切相关,阐述这个独到见解的,就是这篇作品。

随着文明的进步,昏暗的地方越来越少。但是,日本人体质的深处,大概顽强地保留着被"阴翳"吸引(尽管是不知不觉地)的东西吧。"色气"也应该相当于其中之一,在《恋爱与色情》这篇作品中,对此进行了考察。

谷崎先生说:"色气,几乎没办法翻译成西方语言。"并且接着说道:"伊里诺·格林发明的'it'一词从美国传到了日本。"

这个"it",大概可以解释为,胸围90、腰围60、臀围90的完美女性身体,在屋外全部裸露,反射着阳光吧。与"色气"意思更接近的,有一个英语形容词"coquettish"。这个比"it"更复杂,就是所谓的"性感",指的是将缠绕在男性心中的东西,从身体中发泄出来的感觉。但是,并不是那种通过隐藏,反而更能吸引人的"性感",也不是藏有"阴翳"的妩媚。

自这些作品问世,四十多年过去了。如今,远比当时更加美国化,暴露程度更甚。此时,我认为,有必要通过重新思考"阴翳",再一次确认日本人体质和气质上的局限性以及优点所在。

译后记

谷崎润一郎是日本现代著名作家,他作为唯美派作家登上大正文坛,之后一直活跃在大正、昭和时代,曾多次获得诺贝尔文学奖提名。他著作等身,作品题材丰富,影响深远,在日本被尊称为"文豪"、"大谷崎"。其著名作品《细雪》《春琴抄》《痴人之爱》等,中国读者亦耳熟能详。谷崎先生不仅是小说大家,也是随笔大家,《阴翳礼赞》就是他最著名的随笔集。该随笔集于1975年由中央公论社出版,收录了谷崎先生从1930年至1948年期间发表的六篇随笔。此译本就是根据这个版本而译,即2008年中央公论新社对1975年版本的第17次印刷。这本以标题随笔《阴翳礼赞》(1933年)为代表的随笔集,并非闲谈身边琐事,而是从多个层面深入探讨了日本文化,历来被奉为日本文化研究的经典。

机缘巧合,译者的大学同窗阮航先生与四川人民出版社编辑春晓女士相熟,知性婉约的春晓尤喜谷崎先生之作,编辑出版其作品乃其多年夙愿。译者恰逢其时,有幸接此美差。然,美差实乃重任,"大谷崎"之大作,岂我等小辈所能驾驭?唯如临深渊、如履薄冰,抱着虔诚的敬意,字斟句酌,力图精准到位。当然,译者深知自己才疏学浅,资历薄弱,虚心期待读者及同好批评提携。

该随笔集中,《说懒惰》(1930 年)与《恋爱与色情》(1931 年)两篇随笔,原文有较多尾注[①],均为谷崎先生所加。在译者看来,尾注的翻译并不比文章内容简单,有的反而更有难度。比如《说懒惰》中关于辜鸿铭先生的一段尾注。原著中所引辜鸿铭的文章为日文,译者必须查找此处引用的《读易草堂文集》原文。因此,译者查阅并引用了辜能以、辜文锦 1956 年 6 月于台北新生报社新生印刷厂

[①] 因为排版的关系,尾注已改为脚注,并注明"原注",以便与"译注"区分。——编者注

影印出版的《读易草堂文集》,此版本与谷崎所引东方学会本应出一源。但是,因为原文没有标点,可能不方便读者理解,译者又查阅了岳麓书社1985年10月出版的冯天瑜标点版《辜鸿铭文集》,认真对照后录于尾注。此外,《恋爱与色情》的尾注3,是作者在文章中讲述的《古今著闻录·好色卷》一段故事的原文,即日语古文。尾注4是《源氏物语》的一段古文原文。日语古文的理解和翻译难度较大,译者颇费了些心思。尾注5的《拾芥抄》原文更是几乎绝迹的古老文章,查阅数日,方得满意结果。

  此译本的脚注为译者与春晓编辑沟通后添加。谷崎先生这部随笔集,内容涵盖文化、文学、历史、地理、艺术等领域,出现了许多人名、地名、专业术语等,适当添加脚注,或可为读者提供理解上的便利。因此,虽增加工作强度,译者亦甘之如饴,收获良多。另外,谷崎先生在文章中引用了大量和歌,其中包括《源氏物语》中出现的,还有一些净琉璃唱词等。要将和歌与唱词翻译得贴切到位,必须深谙中国古典诗词的韵律,做到既符合日文原意,又合辙押韵,对仗工整。译者虽绞尽脑汁,仍力不从心。感谢我的儿子、香港中文大学中文系学生严涵倾心相助，斟酌拿捏，逐句修改。虽然仍有许多需要方家指正之处，至少忐忑之心略有缓和。

感谢四川人民出版社，感谢春晓，独具慧眼，有胆有识，将谷崎润一郎先生这部日本文化经典随笔，分享给喜爱谷崎先生、关注日本文化的读者。翻开这本书，就是打开一扇窗，日本的四季风物、人文风情，宛如一幅五彩画卷，在光影交织中穿越时空，呈现眼前，令人惊艳流连，久久远远。

李晓光

二〇一七年十一月九日于上海小暖居